# 鹿邑民间故事

于新豪 李森 主编

天津出版传媒集团

百花文艺出版社

**图书在版编目（CIP）数据**

鹿邑民间故事 / 于新豪，李森主编 . -- 天津：百
花文艺出版社，2024.6. -- ISBN 978-7-5306-8883-0

Ⅰ . I277.3

中国国家版本馆 CIP 数据核字第 2024EU0977 号

**鹿邑民间故事**

LUYI MINJIAN GUSHI

于新豪　李　森　主编

出 版 人：薛印胜　**责任编辑**：张　雪

**装帧设计**：吴梦涵　**特约编辑**：孟柯男

**出版发行**：百花文艺出版社

**地址**：天津市和平区西康路 35 号　　**邮编**：300051

**电话传真**：+86-22-23332651（发行部）

　　　　　+86-22-23332656（总编室）

　　　　　+86-22-23332478（邮购部）

**网址**：http://www.baihuawenyi.com

**印刷**：三河市华东印刷有限公司

**开本**：880 毫米×1230 毫米　1/32

**字数**：160 千字

**印张**：9.75

**版次**：2024 年 6 月第 1 版

**印次**：2024 年 6 月第 1 次印刷

**定价**：58.00 元

如有印装质量问题，请与三河市华东印刷有限公司联系调换

地址：三河市燕郊冶金路口南马起乏村西

电话：19931677990　邮编：065201

## 《鹿邑民间故事》
## 编委会

主　任：尚　瑞

副主任：王亚飞　张玉海

编　委：岳新华　朱永波　于新豪

　　　　李　森　李学领　丁雪峰

　　　　赵鹏飞

# 前言

鹿邑，地处豫东平原，自古为华夏腹地。早在远古时期，先民们就在这块土地上生息繁衍，县境内的隐山、栾台遗址分属仰韶和龙山文化，揭开了鹿邑人文历史的序章。

鹿邑，是先贤老子的故里，亦是道教文化的发祥地，县境内相关人文遗迹众多，历史传说纷纭，并在此基础上孕育出了独树一帜的老子文化、道教文化及李氏文化，同时也孕育了众多丰富生动的民间文化。在历史的长河中，它们不断生发、涌动、汇聚成独具鹿邑文化底蕴与特色的一朵美丽浪花。

鹿邑民间文化是鹿邑文化层面中的基础层，其渊源深厚，内涵丰富，形式多样，风格各异，养育了历代文人，孳乳着历代文化。依凭民间一代又一代人的口口相传，最终形成了现今以神话、传说、故事为主体的鹿邑民间文学。

关于民间文学的概念，《辞海》有云："民间文学，指群众集体口头创作、口头流传，并不断地集体修改、加工的文学。"郑振铎则将其命名为"俗文学"，并在《中国俗文学史》中这样评价："虽然不登大雅之堂，不为学者士大夫所重视，但是流行于民间，成为大众所嗜好、所喜悦的东西。"

在鹿邑民间，最令人引以为傲的当属流传甚广的、关于老子的民间传说。相传，老子得道升仙骑牛西去之时，曾赐鸣鹿，结草衔穗，降于故里，并赠予百姓，祝愿家乡沃野千里，五谷丰登，人畜繁盛，永无饥荒。这也是鹿邑县名由古称"苦"逐渐演变为"鸣鹿""真源""仙源"等名称的缘由。

鹿邑历代才俊辈出，他们的事迹在当地民间被口口相传。继老子之后，汉代虞诩，秉性刚直，忠而不屈；晋代陈頵，体察民情，怜贫恤苦；宋代陈抟，为弘扬《老子》道义创《指玄篇》，被宋太宗誉为"希夷先生"；明代轩辀、王尧日、田福，风采峻厉，得誉"廉吏"；清朝学者李子金、张履平，县令范钟，名传后世；及至新民主主义革命时期和社会主义建设时期，曾在鹿邑县战斗过的革命先烈、英雄模范们，也都为鹿邑的兴盛和发展作出了卓越的贡献。

鹿邑，地下文物古迹众多，据统计，有龙山文化遗址2处、古墓群8处、古建筑6处、碑碣11通、革命遗址4处、烈士墓群5处。至2005年末，已公布的国家级文物保护单位2处、省级文物保护单位2处、县级文物保护单位23处。太清宫、老君台、陈抟庵等都有一千多年的历史。鹿邑有众多的风景名胜，自古以来享有很高的声誉，宋、元、明、清各朝代都曾举办过"七台八景"的评选活动。

千百年来，勤劳淳朴的鹿邑人民在这片热土上辛勤劳作，繁衍生息，他们不仅创造了丰富的物质文明，也创造了辉煌灿烂的精神文化。因此，鹿邑民间优秀历史文化，源远流长，积蕴丰厚，具有无穷的魅力和强大的生命力。有人说，中国民间故事是中华文化中的一颗璀璨明珠，那么，鹿邑民间故事理所当然也是鹿邑文化乃至中原文化的一颗璀璨明珠。这些故事绵延不绝，世代相传；这些故事神奇瑰丽，精彩传神；这些故事如同满天灿烂的繁星，值得我们去认识、去采撷。

在鹿邑县老子文化产业园区、鹿邑县文学艺术界联合会的支持与指导下，《鹿邑民间故事》编委会各位同仁经过一年多的搜集、采访、挖掘和整理，删繁就简，去芜存菁，精选出故事近80篇，构成了本书逾15万字的阵容，即将付梓。这仅是其中很小的一部分，并不能展现出鹿邑民间故事的全貌，但我们会以此为契机，在今后一段时间里，进一步充实、完善，陆续编辑、整理出更多的鹿邑民间故事。

我们希望这本书能展现出这片古老土地的万千神韵，也希望能引发诸位读者沿波讨源、引经据典的兴趣，并有更多新的发现。

本书中收录的这些民间故事，不仅在鹿邑民间广为流传，有的甚至远播海内外。这些故事，内容丰富，语言明快，集生活知识、神话传说、名人故事、革命历史故事、风俗传说、名酒文化、名品特产传说等为一册，在知识性、思想性、趣味性和可读性上均可圈可点。它不仅是服务于普通读者的通俗文化读本，也是服务于外来游客的导游手册，同时也可以为鹿邑社会学、历史学、伦理学和民俗学的相关研究提供一定的参考。

通过编撰这本《鹿邑民间故事》，我们从中感受到了鹿邑人民的勤劳勇敢，感受到了鹿邑人民的聪明智慧，从而深刻理解了鹿邑的乡土文化，并从字里行间升腾出热爱老子故里的乡土情怀。

我们只是做了一种抛砖引玉式的尝试，希望有志于研究鹿邑民间文化、民间文学的广大专家学者、各界爱好者都能加入我们，携手共进，继续加倍努力去挖掘、整理更多丰富精彩的鹿邑民间故事，让鹿邑这块文化沃土收获更多丰硕的文化成果！

因我们的水平有限，书中难免错讹之处，诚望各位方家指正，我们将不胜感激！

《鹿邑民间故事》编委会

2023 年 10 月

## 第四辑　鹿邑历史革命故事

## 第五辑　鹿邑酒的民间传说

## 第六辑　鹿邑民间名吃的传说

第一辑

鹿邑民间传说故事

# 鹿邑县名的由来

鹿邑县以前的名字叫苦县、真源县，后来为什么改名叫鹿邑县的呢？这里面还有一段神奇的故事。

相传，当年老子成仙以后，骑青牛飞入天宫，一去就再没回过故乡，连他的坐骑青牛也没回来过。

一天，老子把青牛拴在一棵老松树下，就找太白金星下棋去了。

正好，孙悟空去偷吃仙桃归来，半路上看见了青牛，他认出这是老子的坐骑，但东瞧西瞅不见老子，他便哈哈一笑，玩性大发，偷偷解开了牛绳，说了声："老牛哥，回你家吧！"

青牛早有思念故乡之意，见摄绳被解开，便驾起云头，直奔故乡而去。

再说，老子和太白金星下完棋以后，来到松树底下，青牛不见了，连忙各处找了一通，也不见青牛的影子。他想到青牛跑出去恐怕会惹出祸端，就急忙上了灵霄宝殿，把丢牛的情况禀报给了玉皇大帝。

玉皇听了也很惊慌，派三万天兵天将下凡寻找青牛的下落。老子也随着天兵天将来到人间。当寻找到真源县境

内时，只见大树参天，绿草丛生，繁花点点，飞燕鸣莺，成千上万头鹿正在吃草。老子仔细观看，见鹿群中有一头既像鹿又不像鹿的动物，怀疑正是他的青牛所变。

他往前一去，群鹿见了生人顿时大乱，谁也无法认出其中哪头是鹿，哪头是牛了。老子立即告诉天兵天将，赶快把鹿群团团围住，不准它们再乱跑。三万天兵天将听令围住了鹿群，老子伸出食指在鹿群四周一画，便长出一圈城墙来，正好把所有的鹿都圈在了里边，只在东门开了个口。老子守住豁口一个一个地检查，检查得又细又严，甚至还要一头头掀起尾巴来仔细瞅。

最终，所有的鹿全部检查完毕放出去了，仍留在城墙里的青牛这才现出了原形，但它竟然在空城里狂奔乱跑起来。老子见状大喊一声："畜生！你还往哪里跑？"青牛不敢再动，乖乖地伏下身来，让主人骑了上去。

老子把手一挥："返回天宫！"天兵天将各驾祥云随老子腾空而起，飞回了天宫，而地上便留下了这座圈过鹿的空城。

这空城里，气候温和，地势又高又平，四季如春，总是一派柳绿花红。后来人们就从地势低洼的真源县城迁到了这座空城里来，渐渐地，人们就把真源县城的名字忘记了。因为人们住的是老子圈鹿时画出来的城，所以就把这座城称作"鹿城"。

可能大家觉得"鹿城"叫起来有点土气，又因为"城"就是"邑"的意思，所以人们后来就把"鹿城"改名为"鹿邑"。

（李森　于新豪／整理）

# 栗家坟的传说

栗家坟，原名李家坟。地邻涡水河，北与栾庙相对。不远处居住着十几户人家，他们大都姓李，故称小李庄。人们伫立于涡河南岸的荒野上，眼前的涡河水，犹如一条银龙蜿蜒起伏，涡河水原本一直向东，快到栗家坟时，却突然转折向南，绕过一个大弯后，复又回转东流。因地占水势，这里常被阴阳先生们称为难得的风水宝地。而这曲折回转的涡河水也给后人们留下了一段神奇的传说。

话说小李庄有位老先生会看风水，声誉很高，方圆几十里的人们都来请他。有一天他儿子问他："您整天给人家看风水，为啥不给咱家也看看呢？"

老先生说："好！"

从此，老先生天天在外撺风水。

时隔半年，他终于找到了李家坟这块"风水宝地"。他对儿子说："等我死后，一定让我头顶犁铧，赤裸裸地埋在这里。因为此地坐南向北，正对涡水，曲折回转，青龙接应。周围雾气腾腾，煞气极重，但可尽享面南之尊，按我说的做，我们家的后代，可以坐朝廷（"坐朝廷"指当皇帝）。"

又过了大概二十年，老先生果真死了。他的儿子认为赤裸裸地把老父亲埋葬，既不忍心，也有伤大雅，于是就给他穿了一条裤子遮羞，其余均按老先生生前嘱咐，把他埋葬了。

埋葬了老人后，他们家喂养的一条黑狗开始天天站在屋脊上汪汪地叫，叫得京都推算天文的大臣们心思烦乱，光知道即将有人谋反篡位，就是不知道将会出于何方何地。而这只黑狗的叫声也搅得这家人不得安宁，而且他家的人，不是长疮，就是害病。眼看家道要败落下去，正好老人出嫁的女儿来走亲戚，一进门便说："咦！怪不得家运不好，我看都是这条黑狗在作怪，不打死它还会妨害人哩！"于是，经过全家人商量，便把黑狗打死了。

黑狗死后，京都掌管天文的大臣们掐指一算，才知道是河南鹿邑县李家坟一带要出谋逆之人，随即上殿奏本，皇帝闻奏大吃一惊，赶忙传旨，彻底扒毁李家坟，并要把那一带姓李的都斩草除根。官兵来到鹿邑以后，杀得李姓一家人东逃西窜，侥幸逃脱的也都改姓了栗，后来连李家坟也改名叫栗家坟了。

区区弹丸之地的李家坟，被官兵搞得乌烟瘴气，挖地五尺多深后，终于在离河不远的地方，找到了李老先生的尸体。此时，他的裤子已经褪到了腿脖子上，眼看就要入水了。同时，他们还挖出来很多紫礓石人，据说，这些都是老先生安排好，将来要辅佐朝廷的文臣武将。

由于"地气"遭到破坏，好风水也随之移动至别处。探马报到京都以后，大家都说："好险！要是那个老头儿的尸体入了水，这朝廷江山岂不危矣！"

由于"朝廷"没有出世，他的军师田文波（田洼人）最终成了一个无聊文人，原本的保国将马大、马二、北斗胥，还有冯桥的刘粗腿等，顿餐斗米，虽力大无穷，终生也只是一无所成。

这个神奇的故事世代相传，在鹿邑民间被演绎得活灵活现。

（李森　于新豪／整理）

# 如意钩下凡

有一天，老君李耳闲暇无事，坐在兜率宫里，把玩着他手里的如意钩。只见那金黄的如意钩一闪一明，一闪一明，照出了一幕又一幕人间不平之事。他掐指一算，人界已经过到了元朝的时候了。他心里说："人间不平的事也太多了，依着问，问不完；眼不见，心不烦，还是闭目养神吧。"想到这里，他就闭上了眼睛。不料在他闭目养神之际，手里的如意钩竟"扑塌"一声，掉到了地上。

只见这如意钩在地上闪了几道金光，接着就飞到空中，旋转一阵后，一栽头往人间飞去。这时正是半夜子时，如意钩像流星一般，栽入鹿邑县内的丁家庄，然后一折头，一抹弯，钻进一所破烂的茅草屋里，往二檩子上一挂，不动了。

这家有夫妻二人，男的姓丁名正，四十二岁；妻子何氏，比他小一岁，模样很俊。他夫妻二人都是从江南迁来的，日子过得很苦。元朝的时候，人分四等，一等是蒙古人，二等是色目人，三等是汉人，四等才是南人。那些有权有势的人对老百姓压榨得很厉害，他们霸占百姓的土地，还强迫他们服劳役，把他们当牛马一般看待。当时，十户人家才养活一个当官的。

丁正家的地叫大官伯颜雄家霸占走了，家里穷得揭不开锅。这时，丁正的妻子何氏正躺在床上疼得打滚，脸上的汗珠子像豆子一样落下来。原来她已经怀了十个月的孕，可胎儿却生不出来，加上她平时忍饥挨饿，此时更是七分像鬼，三分像人。

也就在这个时候，挂在二檩子上的如意钩往上猛一拱，只见"哧啦"一道金光，钻到何氏的怀里不见了。

"咯哇，咯哇"两声哭叫，孩子终于生出来了。只见那小孩子又白又胖又齐整，但跟一般孩子不一样的地方是有点罗锅腰，嘴唇上边长个叫人发笑的小弯弓胡，脖子上还带个明晃晃的金项圈，仔细一看，是个如意钩捏成的小圆圈。

这孩子落地就会说话，能叫爹叫娘，还会踢脚打拳，对着面前的东西吹三口气能叫这东西变样。更奇妙的是，这孩子一扑塌眼皮儿就能长一岁的年纪。他一连扑塌二十四下后，就长成了一个二十四岁的年轻人。丁正看着宝贝儿子，分外欢喜，再回头一看，刚生过孩子的妻子因生了宝贝也变得十分年轻、俊俏。她本来就很漂亮，这时变得如花似玉，比年轻的姑娘还漂亮十分。丁家穷家破院，今日双喜临门，为此，丁正特给儿子起名叫双喜。这件奇事像插了翅膀一样，很快飞遍县境。

第二天上午，消息传到大恶霸伯颜雄家，他俩眼一瞪："混账！双喜怎能生到下等人的家里？我要娶何氏当小老婆！"

伯颜雄的大管家耶律旺说："大人这是怎么啦？漂亮的任你挑，何必娶个半截媒？"

伯颜雄说："我不准返老还童的绝色美妇人做低等人的妻子，我要叫她那像神仙一般的宝贝儿子喊我叫亲爹。我要用八抬大轿娶亲，叫双喜和丁正押轿当送客，把何氏送来。而且让丁正当我的岳父，走一步喊何氏一声女儿，来一个丁正嫁女，双喜喊娘。哈哈哈哈！"

耶律旺拍手喝彩："甚好！甚好！"接着，趴到伯颜雄耳朵上说："耳听是虚，眼见为实，小妇人到底什么模样，大人不妨亲自一观。"

"如此甚好。"于是伯颜雄骑上大马，带随从前往丁家庄观看，见了何氏，果真像说的那样，就哈哈笑着，骑马回府，对耶律旺说："我明日上午就要娶亲，你快去后堂禀我母亲得知。"

耶律旺来到后堂，参见老太太。这是个七十多岁的老女人，又青又白的大驴脸，颧骨往外突着，两眼闪着凶光。她一肚子坏水，伯颜雄做的坏事，好多都是她出的主意。

耶律旺把伯颜雄的想法对老太太说了一遍。老东西不但不制止，还连连称赞："如此甚好！我儿娶个奇人当媳妇，我添个半仙半神童做孙孙，以后我家大大小小都可以成神升天了！"

伯颜雄母子主意已定，耶律旺带着狗腿子到丁家去通知。他们见了丁正，大声喝道："丁正听着！我家伯颜老爷要娶你妻何氏为妾，明午抬轿前来。你和双喜押轿当送客。从此你就是我家伯颜爷的丈人，明天双喜嫁母，你送闺女，拜天地时，你俩换着新人，你要走一步喊一声'女儿'。从眼下起，你们要做好一切准备，不得有误!"

丁正听到这里，气得两眼直冒金星，大声说:"这是谁出的坏主意?"耶律旺说:"问这弄啥? 若要应允，倒还罢了，若要不允，家灭九族! 一言为定，明天上午抬人!"说罢扭身走了。

丁正把事情向妻子说了，何氏不答应。夫妻二人无计可施，哭成了泪人。

罗锅双喜走来说道:"二老不要哭，咱就按他们说的办。"

丁正夫妻十分吃惊:"双喜，你咋能说出这样的话来?"

双喜趴爹耳朵上小声说了一阵。

第二天的上午，一群人从伯颜家出发，抬花轿来丁家娶亲，吹响器，点铁炮，敲锣打鼓，十分热闹。花轿在丁家大门外边落下。丁正和双喜架着打扮好的新娘子上轿。新娘子勾着头，一声不吭，头上盖着红盖头。

再说伯颜家。伯颜雄披红戴花，嘴上胡子翘得直冒青光，单等新媳妇下轿好拜花堂。他从前院跑到后堂，叫他娘快做受头准备，忽然发现他娘不知啥时候不见了。他急得头上冒汗，派人四处找也没找到。"花轿快回来了，这该咋办? ……娘可能是不想受头，躲起来啦……嘿，管她哩! 娶媳妇要紧!"

花轿在门前落地，丁正、双喜架着新娘从轿里走出来，打麻秸火的、撒喜钱的，慌得脚不连地，人群挤得像在戏台前头一样。伯颜雄喜得嘴岔子都咧到耳根了。

耶律旺主持婚礼，拉着长腔喊道："一拜天地！二拜祖宗！夫妻对拜！"

新郎慌着作揖磕头，新媳妇站在地上不动。丫鬟过来拉，咋拉也不走。伯颜雄说："你不走，就站这里一辈子！"一说叫站，她偏调转屁股在地上乱扭。

伯颜雄说："好家伙，我的美人儿！你想当着大家玩一套，那好！我早想看看你那漂亮的小脸儿，你不走，我来个不进洞房先掀盖头。"

耶律旺说："这小娘子脸蛋长得可美！人见不走，鸟见不飞，老叫驴见了也不踢。来吧，新郎来个当众揭盖头！"

伯颜雄两手抓着新媳妇的盖头角，往上猛一掀！咦！我的乖乖娘子哎！一下露出一个高颧骨的大驴脸，原来这新媳妇正是伯颜雄自己的生身娘！

伯颜雄心里猛一惊，紧接着，脸上羞得青一块，红一块，紫一块，白一块。

看新媳妇的人们哈哈大笑起来。

小罗锅双喜高兴得拍着手一蹦多高。

这是怎么回事？原来是昨天夜里，双喜跳墙到伯颜家，朝伯颜雄的娘吹了三口气，叫她变成自己的母亲何氏的模样，趁她浑身麻木，像在梦里，就把她背回了自己的家。临走时，他掐个树叶，吹三口气，让它变成伯颜雄娘的假象躺在床上。丫鬟见"老太太"没睡醒，谁也不敢喊叫。树叶变的老太太睡到花轿出门去抬人时，自动消失。

伯颜雄的花轿在丁家门口落地时，双喜给伯颜雄那已经麻木的老娘梳洗打扮，头上蒙上了红盖头。

伯颜雄明白过来之后，气得面色青紫，唤家兵将双喜和丁正包围，并从耶律旺手里抓来一根铁棍，一下子把丁正打死了。双喜一怒取下脖子上的金项圈，将它捋直，成了一杆金枪。他舞动金枪，左冲右挡，杀出了包围圈。双喜又掐了一朵野花，吹了三口气，让它变成一个花朵金盆，他往盆里头一坐，飘飘然往空中飞去。没想到刚飞两丈多高，"扑塌"一声，连盆带人摔落在地。他并不知道，脖子上的金项圈一拿下来不知当紧，就再也飞不上天了。

双喜只能背水一战，干脆和敌人大拼大杀。他勇敢迎敌，一来一往，一冲一挡，"扑哧扑哧"，枪枪带血，杀得敌人是落花流水。伯颜雄、耶律旺见势不妙，抱头逃跑。双喜一枪挑死了耶律旺。

伯颜雄见耶律旺被挑死，跑得更快了。双喜追上去照他吹了三口气，把他变成了一只大苍蝇，灰白色的翅膀，灰绿色的肚子，浑身毛烘烘的，除了头还是伯颜雄的样子。大苍蝇惊慌失措地往前飞，飞不快，也飞不高。双喜拖枪在后面紧追。

追着追着，双喜想出来一个点子，他拖着金枪往前猛一攒！真是巧得很，金枪一下子捅到苍蝇屁股眼里。双喜拍手蹦着笑了一阵。苍蝇屁股带枪，狼狈逃走。

就在这时，朝廷的援兵来到，一下子把双喜围了个里三层外三层。伯颜雄恢复原形，屁股上带枪跑过来喊道："双喜，快投降吧！告诉你，你爹娘已被我们打死，你若不降，我叫你和你爹娘一样，去见阎王！"说罢，叫人拖过来双喜娘的尸体。

双喜一个箭步蹿上去，拔掉扎在伯颜雄屁股上的金枪，和敌人展开拼杀。扎死一群，又来一群。到底是寡不敌众，双喜累得呼呼喘气，脸色蜡黄，眼看就要死在乱马营中。

"投降吧，双喜！投降了饶你一命，不投降叫你死也不落囫囵尸首！"伯颜雄举刀高喊，一刀劈掉双喜肩上一块肉，鲜血把衣裳都染红了。

"民不畏死，奈何以死惧之！"紧要关头，只听一声高叫，从空中驾紫云飞来一位老人。此人白发白须，长眉寿目，原来是老子到了。

老子脱下衣衫，用力在空中挥了一阵，霎时，暴风骤起，刮得飞沙走石，天昏地暗，无数的神兵从天而降，杀得元军尸横遍野，血流成河。双喜趁机将伯颜雄一枪挑死。

老子从空中落下，掏出仙丹递给双喜，让他将爹娘救活。

老子对活过来的丁正说："我李耳从来不杀无辜，方才死去的元朝兵丁，除十恶不赦的罪人之外，其余的都可还阳。丁正以后要替天行道。现在，我要把双喜带走了。"他一甩袖子，双喜变成了一柄如意金钩。老子拿起金钩，跳上紫云，往空中飘然而去。

丁正夫妻对天谢过老子，去投奔了农民起义的队伍。

（李森　于新豪／整理）

# 鼠王报恩

　　从前，有个小小的镇子，镇子西边一条巷子里开着一家米铺，主人叫罗小三，祖祖辈辈住在这里。罗小三为人本分老实，心地善良，和妻子张氏一起守着米铺，勉强维持着生活。

　　罗小三隔壁是一家大户，主人姓贾名虎，是这个镇子上的第一大户。贾虎的二叔在朝廷里当大官，每年都要回来住上几天，然后再带着许多礼物离开。每年贾虎二叔回来的时候，贾家就和当地的官员领着浩大的队伍，敲锣打鼓，趾高气扬地在镇子上来回走上几遍。随后，贾家就派出家丁，在镇子上到处搜寻，发现谁家有什么珍藏的宝贝，就出很低的价钱收购，如果卖家不愿意，当晚就会有土匪进入卖家，杀人放火过后，抢走那些宝贝。

　　镇子上的百姓去官府报案，官府却总将案件压下来。而且，第二天报案的人家就会遭到来路不明的土匪的报复。镇子上的百姓都敢怒不敢言，实在忍受不了的，就悄悄搬离了这个镇子。而贾家正好霸占了那些逃走人家留下的房子，开起了各种店铺，成了这里的"土皇帝"。

　　这天傍晚，罗小三见没人来买米了，就准备关门。突然听到从贾家大门口传来一阵呵斥声。他探头往那边一看，就看见几个家丁将一名老者推倒在台阶上，几只凶恶的狼狗狂叫着，龇牙咧嘴地扑向老者。老者手里的一只破碗掉到地上摔碎了，一根拐杖也被家丁扔出去老远。只听一个家丁恶狠狠地说："老东西，你也不看看这是什么地方，敢在这里讨饭？"

罗小三赶紧跑过去，拾起拐杖将狼狗赶走，扶起老者。家丁看着他，说道："你不要多管闲事，小心惹祸上身！"

罗小三不敢多言语，扶着老者进了自己的店铺，叫妻子端来一碗米饭。老者伸出又脏又瘦的手，抓起碗里的米饭就往嘴里送，不一会儿就将一大碗米饭吃完了。罗小三又叫妻子端来一碗热汤，那老者喝下热汤，脸色才渐渐红润起来。

老者对罗小三夫妻感激不尽，说："我是个叫花子，今天路过这里，又累又饿，本想去大户人家要口饭吃，不想却被那些家丁轰了出来。幸好遇到你们，要不我这把老骨头不知道还能不能挺得过今晚。"

罗小三这时才看清楚，老者长得很瘦小，脸有点尖，脸颊上的几根胡须朝两边伸着，眼睛又小又圆，耳朵也很小，身上穿着一件灰褐色的长衫，已经又破又旧。听了老者的诉说，罗小三道："老人家，你干脆就住在我这里吧，反正我们也需要一个人帮忙照看生意。"

老者闻言喜出望外，对罗小三连说感谢。

从此，老者就在米铺里帮着罗小三打理琐事，罗小三夫妻对他也像对待自家老爹一样。但不久，罗小三就发现，老者经常会把一些米放在后院里，用泥土掩埋起来，他问老者，老者就说："以前乞讨习惯了，现在我住在你这里有吃有喝，想着以前，就习惯性地把米藏起来了。"

罗小三听了以后也就不再过问了，反正那些米大多也是很陈旧的，有些还生虫了。

这天早晨，罗小三正在里屋记账，突然听到老者在外面惊叫起来，随即跑到桌子底下，全身颤抖。罗小三走到外面一看，原来有人来买米，那人怀里抱着一只猫，猫鼻子使劲抽动着，"喵呜喵呜"地叫，狂躁不安，忽地从主人怀里跳下来，冲进了里屋。只见老者跳着跑了出来，藏在罗小三身后，身子不停地抖着，满脸惊惧。

罗小三赶紧给那人称好米，那人一声呵斥，那只猫才跳到主人怀里走了。老者战战兢兢地从罗小三身后站了起来，罗小三感到很奇怪，问："你很怕猫啊？"

老者惊魂未定地说："有一次我实在饿慌了，溜进一家人的厨房，准备偷一点东西吃，不想突然从灶膛里蹿出一只猫，对我又抓又咬，吓得我病了好几天。"说着，他撩起左边的衣袖，罗小三看见，他左手腕上果然有几道已经结痂的爪印。

正说着，就听见隔壁传来阵阵鼓乐声，不一会儿，贾虎就带着一大帮人出门去了。罗小三道："看来贾家的二爷今天又回来了，也不知这次谁家会遭殃。"

到了晌午，一大群人进了贾宅，老者见了说："这家人来头不小啊。"

罗小三道："不要太大声，被隔壁听到，会惹祸上身。"

到了吃午饭的时间，罗小三叫妻子摆好饭菜，正准备吃饭，就见贾虎领着一位身着华丽绸缎长衫的人来到米铺门前，身后跟着十多个家丁和一些身披铁甲、手执利器的武士。罗小三赶紧迎上前去，满脸堆笑，一个家丁大声对他说："贾大人想到你家后院看看，还不快点请贾大人进去！"

罗小三看那个身着华丽的人，正是贾虎的二叔，他不敢怠慢，赶紧将这伙人让进来。

那人径直来到罗小三家的后院，抬头看着后院那株大树，又环顾了一下四周，不停点头，说："太好了，这个地方太好了！贾虎，就在这里了！"

那棵大树是罗小三祖祖辈辈留下的，据说已经有三四百年的历史了，它长得枝繁叶茂，要十多个人才能合抱，令人称奇的是它常年翠绿，就是最冷的时节，也是绿叶泛青，还能散发出阵阵清香。曾经有一位从京师来的商人，愿意出很高的价钱买下这棵神奇的大树，但罗家祖上传下的遗训是：无论遇到多大困难，都不能使这棵大树离开罗家后院，否则罗家会从此衰败。

贾虎就转身对罗小三说："罗小三，我家二叔看上你家的后院了，我出十两银子买了，怎样？"

十两？连一间破草房都买不到，这不明摆着强抢吗？罗小三听了，额头上冒出了汗珠。

原来，贾虎二叔的老丈人得了重病，眼见没几天活头，就吩咐女婿给他找块好坟地，而且坟前必须得有一棵大树，这样才会让子孙们得到他的庇护，更加飞黄腾达。

这个老丈人是朝廷的宰相，亲信遍布朝中要害部门。为了以后的前程，贾虎二叔就到处寻找合适的坟。刚才在贾家后院喝茶，隔墙看到了这棵参天大树，就立刻赶来察看。

贾虎一听是这么回事，当时就拍着胸脯，对他二叔说道："要是在这里给老人家修坟，那我把我的宅子也让出来。"

看着罗小三犹豫不决的样子，贾虎恶狠狠地说："罗小三，你不是不知道，我二叔现在正在剿匪，手下可有几万大兵，倘若你不答应，我二叔就给你安个土匪的罪名，让你全家死无葬身之地。我们明天就过来接收整个院落，你准备准备。"

说着，掏出十两银子，往罗小三手里一塞，带着二叔和随从走了出去。

罗小三一屁股坐在地上，大哭起来。老者走过来，安慰道："搬走吧，胳膊扭不过大腿，不答应他们，我们会更惨。"

罗小三哭着说："我们能够到哪里去啊？罗家祖祖辈辈老实本分，没整过谁，也没害过谁，没想到到了我这里，祖传的这点东西也要毁在我手里。"

老者说："如今的世道，皇帝昏庸，奸臣当道，哪有我们百姓的生存之处？唉，走吧，把那些米带上，咱们走一步算一步吧。"

罗小三没办法，只好含泪将铺里的东西收拾停当，暂时住在镇子里的一个客栈里。不久，罗家和贾家的房屋统统被拆平，并开始了墓地的修建。

老者每晚都要出去，回来时都会给罗小三一些银两，问他怎么得到这些银子的，老者笑而不答，只是说："滴水之恩，当涌泉相报，看着吧，那贾虎和他二叔不会有好下场。"

墓地很快就修了起来，贾虎和他二叔来到墓地前，看着宏伟的坟墓，在那棵大树的掩映之下，显得特别幽静。突然，那棵大树剧烈摇晃起来，树枝上的绿叶纷纷往下坠落，树身里面传来阵阵奇怪的声音。就在两人感到惊讶时，几个家丁急匆匆跑来，大声道："少爷，不好了，家里出事了！"

贾虎连忙跟着家丁朝镇子的东街跑去，他来到刚刚修建起来的宅子里，被眼前的情景惊呆了。只见无数只老鼠正疯狂地到处窜动，见了木头就拼命地啃咬，家丁们拿着家伙到处追打。那些老鼠就跳到家丁身上，又叫又咬。不一会儿，那些家丁就被咬得东逃西窜、到处躲藏。而许多老鼠正啃咬着房子正中的几根大柱子，不一会儿就啃得房子摇摇欲坠起来。

贾虎吓呆了，命令剩下的家丁取出灯油，往那些老鼠身上倾倒，然后点起火把，扔向鼠群。片刻间，整个宅子到处是着了火的老鼠。它们四处乱窜，上蹿下跳，不一会儿，宅子就燃起熊熊大火，滚滚浓烟夹杂着刺鼻的焦臭味，充满了整个镇子。

贾虎吓得赶紧往外跑，那些没烧死的老鼠就跟着他跑。贾虎一路狂奔，每经过他在镇子上的店铺时，就狂叫着叫里面的人出来帮着追打老鼠。而老鼠就窜进贾家店铺，同时也引燃了房子。整个镇子很快陷入一片火海之中。

贾虎跑到墓地前，发现那里来了许多毒蛇，正拼命吞噬着到处乱窜的老鼠。原来无数的老鼠，招引来无数的毒蛇，贾虎和他二叔想回身往镇子上跑，可还没跑出墓地，就被毒蛇咬伤，抽搐了一会儿，毒性发作，死了。

这时，老者从树洞里走了出来，看着满地的老鼠尸体和毒蛇，满脸泪痕。他蹲下身子，变成了一只硕大的老鼠，吱吱叫着，那些毒蛇见了如此肥硕的老鼠，就都向他爬过来。

很快，肥硕的老鼠就只剩下了皮毛，毒蛇四处搜寻了一阵，才慢慢消失了。而镇子上，所有贾家的店铺也被烧成了灰烬。

此事惊动了朝廷，朝廷查清此事后，皇帝一声令下，将宰相革职，抄了他的家，将他流放边塞，可宰相还没走出京城就死了。皇帝还下令将镇子里的土地归还给原来的百姓，原先逃难离开的百姓也纷纷回到了镇子。

镇子上的百姓后来才得知，贾家因为四处抢占百姓的房地，翻修屋子，使原来在那些地方生活的老鼠失去了栖身之地，就纷纷跑到罗小三的米铺，藏到了那棵大树里。它们的首领鼠王就化作乞丐，四处寻找藏粮食的地方。那次他准备进入贾家察看，不想遇到了贾家恶家丁的驱赶，并被罗小三救下。后来这位首领就命令这一带的老鼠们不许偷食罗小三家的米，他自己则每天都藏一些陈米，勉强让鼠群生存。不想它们最后的栖身之所也被贾虎强占，于是鼠王这才决定报复贾家。

罗小三回到自己的后院，只见那里杂草丛生，那棵老树也已经成为一棵空心的大树。他走到树洞里，发现里面竟然非常宽敞，而且还有许多银子，看来是鼠王从贾家偷出来的。罗小三就用这些银子重新将米铺开了起来。自此以后，他每天都要拿一些米到树洞里放着，第二天，那些米就会消失。

后来，来罗家米店买米的人经常看见，罗小三和一个身穿灰褐色长衫的老者在树洞里喝酒。那棵树，慢慢地又长得枝繁叶茂起来。

（李森　于新豪／整理）

# "华山自古归鹿邑"的传说

老子身后一千多年，鹿邑又出了一位名人，他就是道教传人——"睡仙"陈抟。

《辞海》中这样记载：

> 陈抟（？—989），五代道士，字图南，自号扶摇子，亳州真源（今河南鹿邑）人，举进士不第，隐居武当山，服气辟谷二十余年（或说仅三五年），后移居华山。宋太宗赐号"希夷先生"。著有《无极图》（刻于华山石壁）和《先天图》。他认为万物一体，只有超绝万有的"一大理法"存在。其学说后经周敦颐、邵雍加以推演，成为宋代理学的组成部分。此外，他还著有《指玄篇》，言导养和还丹之事。

据史料记载，陈抟这个人不仅爱道，且善饮好弈，时人谓之"棋艺第一，酒量第二"。但是他的酒量如果是第二，又有谁敢称是第一呢？而他喝的酒，不必多说，自是家乡的宋河酒。

且说这天陈抟在华山修行，忽闻山道之上马鸣嘶嘶，一中年侠士策马缓缓行来。这侠士，面如满月，星目剑眉，虽着布衣，但自有一股凌厉之势。骑士来到陈抟面前，下马揖手，说道："在下乃一过客，闻先生弈品天下第一，特来讨教一二。"说完便大喇喇地坐下了。

陈抟修道多年，阅人无数，自然看出来者非泛泛之辈。他平时下棋罕逢敌手，一时技痒，有意与对方一较高低，也不怪来人礼数不周，只微微笑道："先生贵姓？"一交谈方知来者竟是威震天下的大将军赵匡胤，此次是领军出征，路经华山。

两人摆下棋盘，开始手谈。那赵匡胤的棋也是十分厉害，尤喜攻杀。陈抟的棋风则是平淡冲和，天衣无缝。赵匡胤知道面前之人乃是天下第一，光脚的不怕穿鞋的，专挑最狠的招数下，一时间，棋盘上仿佛刀光剑影，几经折冲，进入大杀小输赢的局面。而陈抟似乎不在状态，官子中出了几个小毛病，最后一算，不多不少，输了一个路（古人以路为单位计算输赢，相当于今日围棋中的目或子）。

赵匡胤赢了此局，好不高兴，起身告辞道："公务缠身，未能与先生讨教更多，日后有缘必能相见。"

"且慢，"陈抟拿出一只酒葫芦，递与赵匡胤，"自古红粉赠佳人，宝剑送勇士。我这儿只有家乡酒，且饮之，以助兴。"赵匡胤仰脖痛饮，高呼："好酒，痛快！"说完便兴冲冲地下山去了。

陈抟看他离去，微微一笑，拂乱棋局，口中喃喃自

语：“唉，不知这局棋可否激起将军的豪兴？”

这一别就是整整十年。十年间，赵匡胤在陈桥兵变中黄袍加身，成了一国之君。当上皇帝后，虽然忙于国事，赵匡胤仍喜下棋，他常对臣下说：“弈棋可稍拂宫闱之乱，悦心明性。”皇上喜弈，臣子自然跟风，但诸臣与赵匡胤对弈，莫不望风披靡。赵匡胤虽然棋艺较高，但也绝对不到战无不胜的境界，他心里跟明镜儿似的，知道大臣们不敢与他放手一搏，因此赢棋后他总有胜之不武之感。这时，他想到了以前的棋友——陈抟，想起当年华山上的那一局，心痒不已，于是便令起驾，径直奔华山去了。

陈抟先生还在华山修道，听闻故人来访，倒屣相迎。在陈抟的心中，皇帝与庶民并无两样，两人摆开棋盘，又一番厮杀。这一次，陈抟布局精妙，算路精准，官子滴水不漏。三盘下来，杀得赵匡胤屡战屡败。赵匡胤一时性起，指着眼前的巍巍华山道：“若再输，此山送与你。”陈抟笑道："我可没有这么大的赌注。"赵匡胤指着他腰间的酒葫芦说："以此便可。"陈抟大笑："若少了家乡美酒，岂非断了我的命根？好，此注不小！"

这一盘，两人都下得分外小心，赵匡胤更是步步为营，兵来将挡，水来土掩，但惜乎功力不够，小输的局面总是难以扭转。眼看终局，不料一直下得很好的陈抟弃出无理之着，赵匡胤抓住机会，力挽狂澜，最终竟然赢了一路。赵匡胤哈哈大笑："这华山看来终归是姓不了陈啊。"陈抟同样一笑："棋局未定啊。"赵匡胤低头再看棋局，脸色大变。缘何？原来棋盘上竟然出现了一黑一白两条大龙，再一思索，陈抟下出的那一记败招，竟然正是点睛之位！赵匡胤大喊一声："先生真乃神人也。我犹不及，我犹不及！"

于是赵匡胤传令，将华山赐予陈抟。二人不再下棋，而是揭开陈抟的酒葫芦痛饮起来，一直喝到红日西沉，又喝到东方泛白。赵匡胤醉眼惺忪，指着宋河酒道："我，大宋之国君，饮此宋河美酒，真是天作之缘。"然后乘兴而归。

回宫后，赵匡胤又赐号陈抟为"希夷先生"。有关此事，在鹿邑还有碑刻记载呢。

（佚名／整理）

# 土地爷为啥戴顶帝王帽?

鹿邑县赵村乡有个官厅村,村里有座土地庙,庙里一尊小小的土地爷,头上却戴了顶帝王帽,这是为什么呢?

据传西汉末年,天下大乱,王莽建立新政权,刘秀以匡扶汉室之名从河南起兵。王莽则下令消灭这一反叛势力。刘秀逃至鹿邑城西的官厅村时,累得精疲力尽,见前面有个小庙就躲到了里边。当时刘秀满头大汗,他把帽子取下后随手就戴在了泥塑的土地爷头上。王莽的追兵经过后,刘秀听外面没什么动静了,就从小庙里钻出来,叮他给土地爷戴的帽子却无论如何也拿不掉了。

刘秀后来征战八方,终于兴复汉室一统天下,成了东汉的开国皇帝,而他当年留在土地爷头上的那顶帽子便也尊贵了起来。

自此,官厅村的土地爷戴王帽的习俗便流传下来。

(李森 于新豪/整理)

# 道元古井的前世今生

周敬王四十二年（公元前478年）楚灭陈（当时苦县属陈）。李耳遭亡国之痛，遂西去函谷，后得道成仙。

西汉天汉元年（公元前100年）天下大旱，苦县一带赤地千里，民不聊生。此时已为上仙的老子因惦念家乡父老，遂下凡沿涡河之滨察看民情。只见涡河干涸，沿岸寸草不生，老子心生怜悯，随手用仙杖在涡河中间一划，一股清泉立刻奔涌而出，解决了干旱问题。他又将仙杖插在涡河北岸，仙杖转瞬便化成一片李子林，老子又在李子林下仙指一点，顿时出现了一口井，井中一股白气直通老子当年讲学处门前的旧水井，二井合用一脉，滔滔汨汨，常年不衰，这下彻底满足了当地百姓的吃水需求。

百姓为感念老子恩德，称李子林下的新井为"道源井"。"道源"乃道家之源之意。老子讲学处门前的那口水井则被称为"圣泉井"，意谓圣人之泉。

西汉末年，王莽篡政，建立新朝，民怨顿起，天下大乱。身为一介布衣却有着前朝皇室血统的刘秀趁势揭竿起兵，联合天下刘氏共同抗王。初时刘秀处于劣势，日日被王莽追杀，史称"王莽赶刘秀"。

话说一天，刘秀逃至苦县一带，又饥又渴，疲劳不堪。眼见前面一片郁郁葱葱的树林，周边田地各类野花绚烂，嗅之香味扑鼻，让人精神一振。刘秀看得痴了，此时树上若有水果多好，只可惜正值夏季，遍地花草却未结果，刘秀长叹一口气，穿过树林看到前面一口水井，井边一位道童正在汲水。

刘秀上前深施一礼："请问道童法号？"

答曰："道源。"

刘秀又问："能否施舍清水一瓢？"

"施主请便。"

刘秀连忙捧起水瓢一饮而尽，让人惊奇的是此井水不但清澈甘甜，且饮之让人精力充沛，隐约之中有一股能量直冲丹田，瞬间四肢百骸轻松无比。刘秀大喜，谢过道童，匆忙逃命去了。

自饮用此井水之后，刘秀攻关夺寨、冲锋陷阵从无疲劳之感，于是乎，后来刘秀每次带兵路过苦县，便会让士兵们在此井边豪饮一番，士兵饮后亦如虎添翼，无往不胜。

殊不知，当初搭救刘秀之道童即是太上老君下凡。是日，老君从苦县上空路过，忽见一股煞气直冲斗牛，老君掐指一算，知道刘秀有此一劫，便前来搭救。

后来刘秀推翻新朝，建立东汉，史称光武帝。他封大将军岑彭之子岑淮为谷阳侯，食邑即今天的太清宫一带。刘秀令其调查道源古井的能量之谜。

岑淮派人到涡河北岸道源古井附近的村子调查寻访了

半月有余，最后得出结论：或因此处位于涡河之滨，盛产野生山药、淫羊藿、杜仲、枸杞子等中药材，此类中药主强身健体、固本守元，天长日久，药效扩散，水借药力，道源井水才有了解乏健体之功效。刘秀闻之大喜，亲书"道元古井"四个大字立于古井旁。

后人猜测，为何不是"道源古井"而是"道元古井"。一说是因当初刘秀听了道童所言后自以为是"道元"二字；还有一说，刘秀是特意取井水能"固本守元"之意才写作"道元"。

东汉延熹八年（165年），皇帝刘志先后派管霸、左悺来苦县督建老子祠，并命陈相边韶撰文、镌刻"老子祠碑记"，碑文中特别提到了"涡水之北三里有道元古井"。

自此，道元古井之水有强身健体、固本守元奇效的故事便流传开来。当地百姓争相取此水来种植各类草药，运往附近有"药都"之称的亳州贩卖。来道元古井取水之人也络绎不绝，更加神奇的是使用道元古井之水煎熬出的中药，药效会倍加明显。

西晋时期，永嘉五年（311年），东海王司马越死于项（今项城），襄阳王司马范率众护灵柩往东海途经苦县，石勒追司马至苦县宁平城，双方鏖战，司马越部将钱瑞战死，兵溃败。石勒焚越尸，并以骑兵围射败兵，死者十余万，自宁平至涡北一带尸横遍野、血流成河。道元古井也因此失去特有的清澈甘甜，奇效逐渐减退。

直至三年后，天下大旱，涡河断流，道元古井也逐渐干涸。之后更是连年久旱不雨，土地干裂，庄稼枯死。当地百姓深信老子神灵，于是日日祈求老子保佑，上苍开眼，遍洒雨露，普降甘霖。

老君果然也知晓人间疾苦，他心急如焚，忙携青牛下界帮忙。当时周边县郡诸多河流业已断流，唯独老子出生时沐浴成仙的"九龙井"尚有一缕甘泉。老君便用酒壶盛来些九龙井水倒入涡河，顷刻间，一条清澈见底、醇美似醴的河水呈现在百姓面前。"圣泉古井"与"道元古井"也焕发出了昔日的活力，并有了奇效：百姓饮用此井水，青春焕发，容颜不老；用此井水浇地，苗壮籽实，五谷丰登；用此井水酿酒，酒液醇厚，味比琼浆。原来老君在盛水时忘记酒壶里还有少许仙酒没喝完，因此一并倒入河中，于是河水也变得醇香无比了。

但道元古井并没能就此平静，滋养一方。

自两晋至隋，几经战火，道元古井惨遭焚烧、填埋。

唐武德四年（621年），李渊派人为老子修祠。并追认老子为其始祖，兼顾重修九龙井、圣泉古井、道元古井等几处古迹。

唐乾封元年（666年）二月，皇帝李治亲临老子祠（今太清宫）祭祀先祖李耳，并加封李耳为"太上玄元皇帝"，诏建紫极宫。当地百姓取来道元古井之水献之，李治饮后大悦并留书"道元古井，道家之源"。后来，武则天、李隆基等皇帝或皇族也曾数次来此，多是饮用此井水。

唐中和三年（883年）六月，黄巢、秦宗权合兵围陈州，陈州州官连忙求救于邻道，朱全忠发兵救援，双方战于鹿邑。黄巢兵败，溃退时沿路烧杀抢掠，还将道元古井也一并填埋了。

五代至元，战火连绵，道元古井屡遭毁坏，百姓痛心不已。

明万历元年（1573年），药都亳州开挖大沟，上至十字河，联通涡河，引水入淮河，并重新疏通了鹿邑境内的道元古井。

清朝至民国，涡河北岸百姓均取道元古井之水用于灌溉、饮用及酿酒。因战乱原因，当地的中药材种植业逐渐衰落，道元古井的水质也逐渐归于平常。

如今，在道元古井的原址上，鹿邑某药业有限公司办公楼东南角，道元古井已被修葺一新。八角凉亭下，涓涓甘霖仍惠泽着鹿邑人民……

（于新豪／整理）

# 乱丝庙传奇

鹿邑县城往西三十里有个叫乱丝庙的村庄。说起这村名还有一段神奇的传说。

西汉末年，王莽篡政，汉室后裔刘秀举兵反抗。王莽大怒，亲率精锐追杀刘秀，史称"王莽赶刘秀"。

话说一天中午，与王莽几经厮杀的刘秀与部下走散，慌不择路顺着清水河岸一路狂奔。此刻烈日高照，人困马乏，又饥又饿，放眼望去周围一片平原，白茫茫一片，无一能藏身之处，回头望去，尘土飞扬，身后王莽追兵将至，隐隐约约间，喊杀之声不绝于耳。刘秀仰天长叹："天要亡我！"

就在这个危急时刻，清水河岸突然出现一座无名破庙，看似年久失修，已是残垣断壁，无牌无匾，落叶遍地。正殿门板不知已被谁拆去生火了，庙门布满灰尘蛛丝，庙内佛像也布满灰尘，如此兵荒马乱的年代，像是许久未有人至此。望着阴森破败的庙宇，此刻刘秀也顾不得那么多了，一头扎进大殿，躲在大佛像背后，口中默念："佛祖救我，躲过此难，如有后日，定当为佛祖重塑金身。"

说来也怪，刘秀进来时把庙门上的蜘蛛网撞破，此刻不知从哪里钻出几只硕大的黑蜘蛛，忽上忽下，从左至右，不一会儿工夫，就把庙门的蜘蛛网重新复原了。彼时王莽率大军而至，眼见几百里平原荒无人烟，附近只此一座破庙，遂令部下迅速包围寺庙，王莽要亲自下马往大殿搜寻。千钧一发之时，王莽抬眼看到布满蛛丝的庙门哈哈大笑："不必在此耽误时间了，此庙无人！"

部下不解。王莽哈哈大笑手指庙门说："尔等不见庙门蛛丝遍布？庙内如若有人，蛛丝怎能完好无损！"说罢便带领军队策马扬鞭朝西边追去。

刘秀侥幸躲过一难，殊不知当时正是太上老君骑着青牛从鹿邑（苦县）上空路过，眼见刘秀有难，掐指一算此人乃真命天子，遂命几只百年蜘蛛精救下了刘秀。后来刘秀终于灭了王莽，做了东汉皇帝，史称光武帝。

有一天，光武帝刘秀闲来无事，忽然想起当年在鹿邑那破庙避难时的诺言，于是派人到苦县找寻。众人在清水河岸边找到了这个摇摇欲坠的破庙，刘秀听闻大喜，遂下旨重修破庙，为佛祖重塑金身，并亲书"乱丝庙"三个大字悬挂于庙门。

此后，乱丝庙重振雄风，占地三十余亩，有大殿三重、庙舍一百余间，庙内和尚达百余人，一时之间庙里香火鼎盛，前来求神拜佛之人络绎不绝。方圆百里，乱丝庙无人不知无人不晓，而原本荒无人烟的清水河岸边，也逐渐成了众人聚居之处。

说来也怪，世间庙宇大多供奉的都是如来佛祖释迦牟尼、金刚罗汉、南海观世音等佛教诸神，在乱丝庙里，头层大殿却供奉着道教鼻祖太上老君金身塑像，到底是光武帝刘秀心内受恩感知，还是后来百姓所立，已无从考证。

　　1937年，抗战全面爆发。当时的冀北保安军司令孙殿英率部路过鹿邑城西的乱丝庙，发现庙中古木参天，葱葱郁郁，庙宇雕梁画栋，古香古色，料定此庙地下必有宝贝。于是命部下焚烧庙宇，推倒墙屋，砸烂佛像，掘地三尺，寻找所谓的"汉代宝藏"，孙殿英部在乱丝庙烧杀抢掠三日有余，仅找到几颗历代高僧的舍利子与部分附近村民捐赠的香火钱而已。孙殿英大怒，下令将庙内百余僧众全部屠杀，并抛尸清水河中。浓烟滚滚，哀鸿遍野，可怜千年古刹毁于一旦。

　　"善恶终有报，天道好轮回。不信抬头看，苍天饶过谁。"1943年，孙殿英投靠卖国贼汪精卫，1947年被人民解放军俘虏，后病死狱中。传说孙殿英在狱中浑身长满脓疮，溃烂流脓，每日哀号，痛不欲生。每到夜间，狱中看守经常听到他口中嘟嘟囔囔念念有词，隐隐约约像是什么"老君救我""我有罪"等胡言乱语。

　　中华人民共和国成立后，当地村民自发组织，有钱出钱、有力出力，又在清水河岸边的乱丝庙原址上修建了瓦房三间，庙内仍然供奉太上老君。逢年过节时，大家前来祈福还愿，乱丝庙的香火又逐渐日盛。

　　"文革"时期，乱丝庙未能躲得过"破四旧"的劫难。

二十世纪九十年代，当地热心村民又依次重新修复了几间瓦房，不过再也没有悬挂"乱丝庙"的匾额，只留下一个"乱丝庙"的村名，世世代代流传至今。

（于新豪／整理）

# 上清湖的传说

　　来过鹿邑的人都知道，鹿邑是道教祖庭、李姓的发源地。这里有很多著名景点，比如"七台八景"、太清宫、明道宫、虞姬墓、隐阳山等。咱们今天就来说说鹿邑的上清湖。

　　在鹿邑县城西关新区，有座隐阳山，山下就是占地30多公顷的上清湖，碧波荡漾，湖边苍松翠柏，九曲古桥蜿蜒湖上，美不胜收。"登隐阳山望远，入上清湖泛舟"，这里已成为观游鹿邑不可不去之处。

　　相传古时候在苦县（鹿邑县原名）有座隐阳山，此山高耸入云，遮天蔽日，是当地百姓出行的必经之路。更为可恶的是，隐阳山每天都要长高三尺三，因为隐阳山的存在，老百姓生活很不方便，大家苦不堪言。

　　为了救百姓于苦难，太上老君上山采来五色石，支起八卦炉，将五色石炼了整整七七四十九天，终于铸成了一根赶山的铁鞭。只见他坐在老君台上，手举铁鞭运足神力，一鞭下去，就听得"咔嚓"一声炸雷似的巨响，把隐阳山拦腰斩断：上半截被直接赶到了东海，成了后来的蓬莱仙岛，只剩下半截还耸立在那里。老子口中默念移山咒语，将隐阳山向西移动了几百里，就成了后来河南中部的平顶山。

因老君做法移山时飞沙走石、狂风大作，许多碎石乱砂堆积在老君台周围，高不足百米、长不过数里，已经不足以威胁百姓生活，太上老君也就不再管它。这也就是如今大家看到的隐阳山了。

由于隐阳山被太上老君移走，崇山峻岭成为一马平川。百姓出行方便，生活越来越富裕。当地百姓感恩老君爷带来的福气，无论节日与否，都络绎不绝赶往老君台朝拜上香，一时间苦县成了名扬四海的道教祖庭、富庶之乡。

谁料想许多年后，缺少隐阳山遮挡的苦县，在黄河泛滥时，成了一片汪洋。当地百姓被迫流亡，一时间，妻离子散，十室九空。只见鹿邑境内白茫茫一片，洪水滚滚，深不可测。此刻，太上老君正在三十三重天之上的兜率宫中打坐炼丹，突感心中不适，掐指一算，原来是家乡洪水泛滥，老君岂能眼见家乡父老乡亲受苦受难？于是他立刻骑着青牛驾着七彩云来到苦县上方，一看百姓死的死、逃的逃，老君不禁心急如焚，立即命青牛下去把洪水喝干，挽救百姓于苦难。只见青牛脖子一伸，长哞一声，一头扎进洪水之中。不到半个时辰，青牛就快要把洪水都吸干了，老君转念一想，还是不能将所有水都吸干，因为百姓返回家乡还需要用水。于是他就让青牛留下一片水域，然后就骑着青牛腾空而去。当时青牛没有喝完的这片水域，足足有 200 多公顷。

见洪水退去，百姓欣喜不已，纷纷返回家乡，重建家园。老君让青牛留下的这片水域，也成了当地百姓的"生命之水"，他们依湖而居，靠水吃水，又过起了幸福的生活。百姓感恩道教始祖太上老君的再生之德，便称之为"上清湖"，"上清"乃取道教"上三清"之意。

后历朝历代，苦县经历多次更名，上清湖也因战火、旱灾等原因，湖面逐渐缩小。到民国初期时，上清湖已经不复当年万亩碧波荡漾的风采，只剩下一片30多公顷的水域。

从2015年开始，鹿邑当地开始下大力气对上清湖区域进行综合整治，山清水秀的隐阳山、上清湖重现于世人眼前，这一带也成了当地百姓休闲的好去处、游客必到的知名景点。游船码头、景观栈道、儿童沙滩、音乐喷泉、湖心岛、九曲桥等景观设施均人流如织，美不胜收。

上清湖，迎来了重生！

（于新豪／整理）

# 奶奶庙的传说

在鹿邑城东南方向约十五公里处，有个叫张斌营的村子，村头有一座华佗庙，始建于明代，清道光年间再次修缮，现属于河南省文保单位。按常理说华佗庙内敬的应该是华佗，奇怪的是这座华佗庙敬的竟然是三位女性，这是怎么回事呢？

据当地人讲述，华佗庙原来并不叫华佗庙，而是叫奶奶庙。奶奶庙里敬的是三位圣人的母亲——中间是老子的母亲滕氏，左侧是孔子的母亲颜氏，右侧是孟子的母亲仉氏，所以又叫三圣母庙。

在奶奶庙周边有三个村子，分别叫滕老家、滕小庄、小滕庄，千百年来长期居住着滕氏一族。据传，当年滕氏生下老子后升仙，滕氏后人为纪念本家姑奶奶，众人筹款修建了一座奶奶庙，逢年过节就过来祭拜，后来又有人在庙内增添了孔母、孟母两位圣人的母亲，三位圣母坐镇鹿邑东南。附近群众纷至沓来，祈风调雨顺、求家人平安。说来也神奇，凡是过来烧香许愿的，百试百灵，灵验无比。后就有人说三位圣人奶奶犹如华佗再世，于是一些不明就里的人开始称奶奶庙为华佗庙。关于奶奶庙的兴衰，还有个神奇的故事呢。

"文革"期间，有阵子刮起了一股"破四旧"的风，一群红卫兵将庙里的神像拉出来扔在打谷场上，庙宇改成了红卫兵办公的地方。生铁铸成的三位奶奶的圣像在打谷场上被风吹雨打，无人问津。滕老家村一个姓滕的光棍汉却暗中盯上了三位奶奶的圣像。此人叫滕老丫，整日游手好闲不务正业，四十多岁了没娶上媳妇，人送外号"老公鸭"。"老公鸭"好吃懒做，整日里赌博喝酒欠了一屁股债，正愁着没钱鬼混，凑巧路过打谷场，就打起了三位奶奶圣像的主意。

一个风雨交加的夜晚，"老公鸭"推来架子车，费了吃奶的力气，将三位奶奶圣像装上架子车，拉到隔壁亳县，卖给一个打铁的铁匠，换得六元钱。

"老公鸭"心中窃喜，第二天一大早就来张斌营集上剃头。坐在剃头匠张师傅那里，嚷着要把头刮得锃光瓦亮，谁知头刚剃了一半，"老公鸭"莫名其妙脑袋一耷拉，死了！

消息传出后，有人就编了歌谣：

> 奶奶庙，真神仙，
> 滕氏奶奶下凡间。
> 涡河岸边生老子，
> 护佑百姓保平安。
> 后人有个"老公鸭"，
> 不忠不孝又败家。

拉去圣像去卖钱，

立遭报应在眼前。

劝君在世多行善，

祖祖辈辈保平安。


自"老公鸭"卖奶奶圣像暴毙之后，当地群众愈发觉得三圣奶奶法力高深，愈加尊崇奶奶庙。二十世纪九十年代初期，奶奶庙又逐渐恢复了昔日的香火鼎盛。每逢农历二月十九滕氏奶奶的生日，人们就会来奶奶庙前逛庙会，这个庙会长达七天，附近十里八乡的群众蜂拥而至，摩肩接踵，街上水泄不通，燃放的鞭炮炮灰就能铺满庙前一条街。

关于奶奶庙滕氏与老子的关系，还有一说：滕氏一族人去鹿邑城内的老君台烧香时，从来都是只上香不磕头，因为滕氏是老子的姥娘家，按老规矩，娘亲舅大，姥娘家来人是不能给外甥磕头的，此风俗一直沿袭到现在也未曾改变。

老人们还说，过去滕氏族人去老君台烧香，守宫道士还会给他们管饭呢。

（于新豪／整理）

# 双龙井的传说

　　人杰地灵的鹿邑古城是道教祖庭、老子故里，也是李姓的发源地。在鹿邑流传着很多神奇的故事，今天就来说说双龙井的传说。

　　在鹿邑城西有条闫沟河，南北流向，与大运河交叉的地方有座叫王楼的村庄，说起这村子还有点历史呢。

　　明朝嘉靖年间，东平州（今属山东泰安）知州王昌龄来老子故里祭拜老子。他见鹿邑城风景宜人，百姓安居乐业，民风淳朴，就在城西约一里处买下一块地，完全按照明代东平州的建筑样式，建起了一座"五门照"的高楼大院。五门照，其意为五门相照，从大门往里到内庭需要经过五道门，自外而内分别为皋门、库门、雉门、应门和路门。整个大院占地有二十余亩，院内楼宇建筑雕梁画栋、金碧辉煌，远近皆知此楼为东平州知州王氏所建，故称此村为"王楼"。

　　为什么知州王昌龄会选址此地安家建楼呢？原来王昌龄不仅精通为官布政，亦精于周易八卦之道。他遍寻真源（嘉靖年间沿袭唐宋时称鹿邑县为真源）县内外，偶然在城西闫沟河东岸发现一口古井，此井年代不详，单见井口直径约三尺有余，井水清澈见底，此时虽值炎炎夏日，井口却隐隐冒着白气，透着丝丝清凉。知州王昌龄立井台朝四周一望，此处西临闫沟河，该河自北向南犹如一条锦带绕城而过；东面距紫气园仅不足一里，郁郁葱葱紫气东来；背靠隐山上清湖，有山有水聚财之象；南邻城西官道，一马平川，实为不可多得的一块风水宝地。随即买下井边这块空地。

历时二年有余，"王楼"竣工。在王楼院内，也就是"库门"左侧，有一古井，青石板井台长满苔藓，井水甘甜可口。王家一家数十口人吃水洗衣都是使用该井之水。偶逢阴天雷雨之前，总能听到井里有隐隐龙吟之声。俯身朝井口望去，人们隐约能看到两条青龙在井底盘旋，故王家称之为"双龙井"。

古井岁久年深，不知年限，也无人考究。井底左右两侧均有两股清泉不断涌出，约有小碗口之大，水源丰富。王家长工里有一个姓郭的人，他汲井水来酿酒，酒水醇香可口，回味悠长，于是他拿去献给东家。王昌龄品尝此酒后，精神大振，赞不绝口，吩咐郭长工每年都要使用双龙井水酿酒来喝，并给此酒取名为"双龙小烧"。自家喝不完，多余的就送给附近的乡亲品尝，乡亲们喝了也都交口称誉。

王家借此风水宝地，顺风顺水，不断购置土地房产，逐渐成为鹿邑城西的大户，为王家种地的长工、短工也多了起来。据统计，当时王楼聚集有王、姚、郭、罗四姓，大多是王家的雇工。

转眼间到了王家第三代人。话说有一年夏天，正逢正午时分，天气炎热。王家有一丫头来井边汲水，忽然看到从井里爬出两条约碗口粗的黄花蛇一前一后朝着西院门洞外的闫沟河游去。丫头吓得花容失色，大声尖叫。等其他人赶过来的时候，两条黄花蛇已经游入闫沟河不见了。自此，大家都确信双龙井果真有双龙存在，于是逢年过节便在井边焚香祈祷，祈祷双龙神仙保佑全家平安、风调雨顺、五谷丰登。

后有村民发现，在双龙井中打水时，距此约两里外的老君台前的九龙井和圣泉井都会同时泛起涟漪，可见三井气脉相通。人们分析，此"双龙"乃老君爷出生时的九龙沐浴之其二也。此事传开后，远近百姓纷纷来拜，一时间香火鼎盛，王家门前排队一睹双龙井真颜者接踵而至。更有好事者欲打捞出双龙来敬拜，支持者与反对者鼓噪不绝，烦不胜烦。

不知什么原因，过了不久，人们发现井中再也不见双龙戏水，阴雨天也听不到隐隐的龙吟声了。

多年后，王家逐渐家道中落，至王敬唐一代，父辈将部分土地房产卖给姚氏家族。明崇祯十五年，天下大乱，各地枭雄揭竿而起，战火纷生。当时鹿邑属归德府，也未能幸免于难，官兵侵扰，匪患成灾。"王楼"亦被土匪焚烧洗劫，加之乡宦豪强横行乡里，趁火打劫，附近百姓纷纷避之。

此后百余年，王楼的高墙大院随着历史沉浮已经湮灭无踪，但这个叫"王楼"的村名却留了下来，村口的双龙井水也依然甘甜可口，养育着一代代王楼人。

（于新豪／整理）

# 太平军过鹿邑的传说

话说咸丰三年（1853年），太平天国建都天京（今南京）后，派林凤祥、李开芳率军北伐。五月从扬州出发，至浦口与吉文元等部会集。这支两万余人的部队势不可挡，见县攻县，遇州攻州，很快连克皖北多座城池。五月中旬占领亳州后，又马不停蹄地往西开进。欲占鹿邑、柘城后，北上至商丘，在氾水、巩县（今巩义）渡过黄河直达北京。

北伐军的先头部队在占领太清宫后，继续向鹿邑县城进发。快接近县城时，远远地看见一个人坐在三丈多高的城墙上，腿垂在城池子里洗脚。太平军士兵连忙向军官吉文元报告情况。吉文元来到护城河东沿一看，顿时吓出一身冷汗。

隔着护城河，吉文元高声问："你的腿咋长这么长？"

那人答道："俺的不长，俺哥的更长。"

吉文元又问："你哥的腿有多长？"

那人说："俺每天晚上都睡在俺哥鞋窝里头。"

太平军将士惊恐万分，这个人能坐在三丈高的城墙上把脚伸进护城河里，就已经够高的了，可他天天夜里睡在他哥的鞋里，他哥哥岂不脚更大，腿更长，人更高？那必然更加强悍无比啊！

于是太平军将领们连忙召开紧急会议。一谋士说："鹿邑是太上老君的老家，有老君爷庇护，所以城里百姓们都长得这么高大魁梧。如若我们按原计划攻打鹿邑县城，必定失败。"将领们认为这位谋士分析得有道理，都说："既然有神灵庇护，我们就不要在鹿邑白费力气了，干脆绕道走吧！"

于是这支队伍绕过鹿邑县城，往西北进发，渡过黄河后，进山西，返直隶，克沧州、静海，直逼天津。但因孤军深入，兵力薄弱，只得固守待援。次年，他们从静海突围南下。二月，自西返回，再次路过鹿邑县城北，他们决定将所带银两投入涡河祭拜老子，这之后才得以顺利过河，而后又绕过鹿邑县城，才逃脱追杀。

（于新豪／整理）

# 老子故里的散卓毛笔

河南省鹿邑县有老子的出生地太清宫和老子的讲学地明道宫等遗迹，这里香火鼎盛，游客络绎不绝，来鹿邑朝圣的道教徒接连不断。到鹿邑太清宫、明道宫朝拜或者旅游的客人，都会带走一份特殊的伴手礼——老子故里的散卓毛笔。散卓毛笔盛名已久，制作工艺讲究，属非物质文化遗产，其得名源自它的制作工艺："散"是解散的意思，"卓"是挺出、直立的意思。关于散卓毛笔在鹿邑民间还有个神奇的传说。

相传元泰定四年（1327年），湖北新州秀才观志能进京赶考，路过鹿邑，夜宿在明道宫西侧的高升客栈。观志能夜得一梦，梦到一白发白须老者骑着青牛，仙气飘飘，气度不凡，赠予观志能一支金光闪闪的毛笔，并告知曰："此乃散卓精品，祝尔高中也！"

观志能醒来思忖，白发骑青牛者，莫不是老子显灵？鹿邑乃老子故里，看来得仙人一助，这定是吉兆。于是观志能天一亮就跑到明道宫拜谒老子，祈祷此次赶考顺利。

经会试、殿试，观志能果然一路过关斩将，考得进士及第，后任户部主事一职。他心中一直念念不忘当初路过鹿邑时，老子托梦送金笔一事。至正元年（1341年），观志能调任归德府太守，鹿邑当时属归德府管辖，于是观志能就有了还愿答谢的机会。他下令在鹿邑县衙东修建了一处规模庞大的县府学宫——文庙（黉学），耗时三年，建有大成殿、崇圣祠、两庑、戟门、泮池、太和之气、万古日月牌坊、棂星门、大门、屏墙等建筑。这正是——

秀才赶考宿鹿邑，
夜梦老子赠金笔。
如今高中来还愿，
修建黉学美名传。

一首流传于坊间的民谣将老子故里的散卓毛笔传到全国各地。后来，每逢科举考试，前来鹿邑明道宫拜谒老子的学子便络绎不绝。他们在焚香许愿之余，还不忘带几支鹿邑刘家制作的散卓毛笔，一为自用，二为伴手礼赠予同学乡邻。

在鹿邑县老子故里明道宫旁，就有个制作散卓毛笔的小店，这里既是制作传统毛笔的工作间，也是一家微型的毛笔博物馆。别看这样一个不起眼的小店，里面的笔却大有文章。不同于机器化制作的毛笔，店里的每一支笔都是刘永杰亲手制作，这也是老子故里唯一一家手工制笔店。

刘永杰作为鹿邑散卓毛笔手工制笔的唯一传承人，从师父手里接过这块招牌至今已二十多年，而刘家制笔也已延续了整整三十三代。

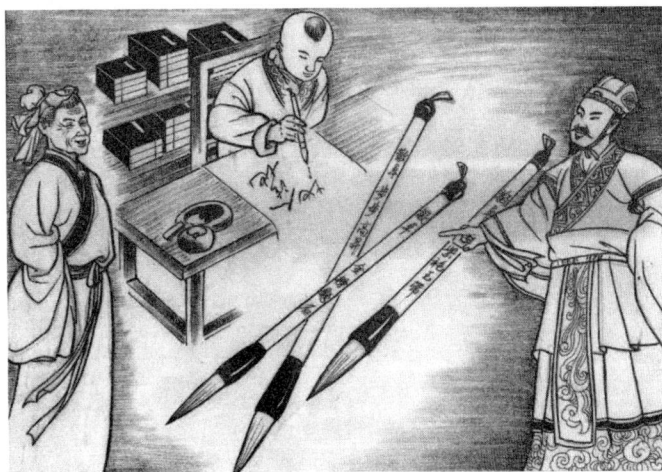

追本溯源，刘家制笔的历史源于一千多年前的宋代初期。当时，刘家的祖上在东京汴梁开始手工制笔，刘家制笔的祖师爷是刘迪，他从事毛笔制作五十余载，当时主要用以维持生计。因当年宋真宗赵恒曾亲临真源（今鹿邑县）老君台、太清宫朝谒老子，就使用刘迪精心制作的贡笔御题"明道宫"三字匾额，所以至今在鹿邑、亳州一带仍有宫廷御笔"散卓一枝刘"的美名。

老子故里、皇帝贡笔为散卓毛笔披上了一层神秘的色彩，有民谣道：

散卓毛笔带给娃，

学习成绩顶呱呱。

散卓毛笔拿在手，

官运亨通不发愁。

散卓毛笔放在家，

老人长寿笑哈哈。

这些广为流传的民谣寄托了人们对美好生活的向往，同时也说明了人们对老子故里散卓毛笔的喜爱。所以，老子故里刘家的散卓毛笔也成了来鹿邑的游客必带的伴手礼之一。

（于新豪／整理）

# 枣集得名的由来

相传，鹿邑老君台东北角的70里处，曾出现过一个化境，人们称之为"枣林"。在枣林有这样一个故事：

北魏永安二年（529年），善猎的恒州刺史叱列延庆经常带领仆从们外出打猎。

一次，叱列延庆的四个仆从发现前方有一只白鹿，便一路追赶而去，追着追着，眼前忽然出现了一处高大的宅邸，眼见着那只白鹿钻进了院里。

他们正感到奇怪的当儿，有一位须发皆白的老人拄着拐杖，来到了门口，对仆从说道："你们所追逐的白鹿，是我家所蓄养的，你们怎么能追杀有主的鹿儿呢？"

仆从们答道："原来是这样子啊！我们现在不需要鹿了，可是我们的肚子实在饿得难受！"

老人指了指东边一望无际的大片茂林说道："这个时候林中出产的枣子，已经成熟可以采食了，不妨采一些来吃，保证可以化解你们的饥饿。"

于是，仆从们就进入林中饱食了一顿，并装了好几袋枣子回去。他们把带回来的枣子进献给了刺史，叱列延庆吃了以后觉得味道非常甘美，真是人间少有，惊异不已，让仆从们再采一些回来。

但仆从们循着原路往枣林走，却再也找不到枣林了。原先那高大的宅邸和奇异的老人也不见踪影，只留下一片村寨。后来，人们就把这个村寨称作"枣集"。

（李森/整理）

# 试量集的由来

试量集，根据古代文献记载和试量南头老君庙内一座古石碑的碑刻落款，证明这里在明朝以前叫"许集"。据唐代《元和姓纂》与宋代《通志·氏族略》记载，许姓为炎帝之后，周武王封其裔孙于许昌，故河南多有许姓人群聚居的村镇。

那么，古老的许集之名，为何变成了如今的试量集？故事还要从北宋时说起。

北宋时期，朝廷实行重文轻武的政治策略，北方的边境防御力量一度被削弱，因此，北方的游牧民族金国人就顺利地入侵中原，于1126年掳走了北宋的徽宗、钦宗这对父子皇帝，而他们的皇妃和众多宫女也都沦为奴隶，黎民百姓更是苦不堪言。

二帝被掳走后，因国不可一日无君，秦桧一班人就找到了幸免于难的宋徽宗的第九子康王赵构，拥立他为新皇帝。他先在应天府（今河南商丘）称帝，后又受到金兵的多次冲击，只能一路辗转多地，逃到南方，以不抵抗政策偏安一隅，在杭州（古称临安）建都，苟且偷生。

民族英雄岳飞虽组建军队打退了金国人，但其骁勇引起了赵构和秦桧一班人的恐慌，唯恐岳飞打败金国，迎回徽、钦二帝，致使赵构与秦桧一班人无处享乐。所以，他们就以十二道金牌强行召回岳飞，并以"莫须有"的罪名将其杀害。

后来北方又出现了成吉思汗与其孙忽必烈，他们凭借快马弯刀，先后灭掉了西夏、西辽与金朝，建立了元朝。1279年，元朝灭了南宋，此后更是占领了整个亚洲乃至欧洲的部分领土。但是，他们的政治制度残暴腐败，对汉人实施残酷的压榨与勒索。有文献记载，元朝曾把人分为四等：蒙古人为一等，色目人为二等，汉人为三等，南人为四等。为了防止人们造反，规定每十户才能使用一把菜刀，并用铁链锁在井台上；新婚女子先要陪宿元朝政要官员，之后夫妻才能同房，即当时所谓的"初夜权"。如此残暴的统治，迫使人们不断迁徙南逃，所以，直到现在南方多省都有不少是当年"客家人"的后代。

宋、金、元几百年的战争使百姓受尽了剥削和掠夺，民不聊生，整个中原地区人口大幅减少，田地荒芜，荒草丛生，村庄颓败，曾经古老繁荣的许集也已人去集空。

史料记载，南宋和元朝时期，在中原地区曾有老虎等多种凶猛动物出没，可见当时的荒凉景象。也是因为人口稀少，元至元二年（1265年），朝廷不得已将隋时建立的鹿邑县和卫真县合并，并将郸城境内的古宁平县（即现在郸城东的宁平镇）划归鹿邑县，即今鹿邑县城。现在细查明朝以前的村庄，几乎十不存一。这些历史可从各种史书、方志及各村的姓氏家谱中得到证实。

到十四世纪上半叶，以朱元璋为首的起义军经过千辛万苦的拼搏奋斗，终于彻底推翻了元朝，于1368年建立了明朝政权，人们才得以安定。

朱元璋建立明朝以后，认为中原一带如此平坦肥沃的大平原，气候温和却无人居住、田地亦无人耕种，实在可惜，就以三年不收税的优惠政策，将山西各地居民集结到现在洪洞县大槐树下，由官府统一分配到中原各地。根据《丁氏族谱》记载，还有奉朝廷政令从山东以及其他外地迁来的，这里就有跟随朱元璋打天下、因军功受封为武略将军的丁兴，他曾被分封到山东海州（今江苏省连云港市）。在他的众多曾孙中，有一人名叫丁伯贤，就迁徙来到了鹿邑西部的许集，他先是以开垦荒地为主，并以打烧饼为副业（这种用铁锅底朝上烤烧饼的技术，就是他从山东带来的，因此许集的这种烤烧饼技术与山东古烤饼技艺同出一源）。由于丁伯贤为人勤劳善良，又家教有方，因此子孝孙贤，经数年老少拼搏、艰辛努力，就使宗族事业发达、家道小康，并筹资办起了一家百货店，并以货真价实、热心服务，赢得了四面八方人们的认可。人们传说丁伯贤的号叫试量（也有传说认为试量是他的小名），所以当人们要购买日常用品时，都会说到试量家去赶集，时间一久，"试量集"被称呼成俗，这里也慢慢成了人们物资交换的大集。后来，许集已不见许姓人，人们也就渐渐忘记了古老的许集之名，将此地改称为"试量集"。

丁试量虽已终老去世，但他的名号经过六百多年的变迁，却以繁荣的集镇地名留在了世间。

如今，试量当地以色鲜味美、浓香醇厚的试量狗肉享誉中外，并凭借发达的尾毛加工外贸产业，呈现出了新的繁荣盛景。

（丁雪峰／整理）

# 玄武集的由来

说起玄武集，也是有悠久历史起源的。这要从东汉末年的献帝时说起。话说沛国谯县（今安徽亳州）出了个名叫曹操的人，此人自幼机智警敏，曾被汉献帝封为大将军、武平侯。当时世道混乱，群雄四起，曹操也心高志大，一心平乱治世，称霸中原。于是他招兵买马，在封地之内的涡河南岸组建了水、陆军。为了便于观察和指挥军队的布阵训练，曹操在营地附近筑起了高大的观武指挥台。因此，后来的人们都称此地为观武台。

在隋朝开皇十八年（598年）时，观武地区的武平城因早年黄河发大水被淹没，已改隶鹿邑县（具体位置在试量北的鹿邑城村）管辖。唐太宗执政时期的贞观年间，鹿邑县令认为观武的"观"字与大唐的年号相冲，有欺君犯上的嫌疑，害怕官府治罪，就下令把"观武"这个地名改成了"玄武"。自此，人们就称此地为玄武，并一直延续至今。

玄武集在1987年划镇以来，因皮革和制药两大产业的兴盛，在国内外享有盛名。

（丁雪峰／整理）

# 二月十五天气不好的由来

在鹿邑一带，每年的农历二月十五都是个特别的日子。人们说以前的二月十五，都是春风和煦，阳光明媚，但后来却总是阴雨连绵。这里还有一个鲜为人知的典故。

农历二月十五是道教创始人老子的生日。那一年的农历二月十五，厉乡曲仁里的赖乡沟出生了一位须发皆白的婴儿，只见他满脸的皱纹，活脱脱一个小老头儿，"老子"之名由此而来。又有传言说，老子的母亲在溪边浣纱时，偶然从水中捞到一枚硕大光艳的李子，她吃卜李子，这才孕育出了这个孩子，故而孩子又叫李子。老子的一生跌宕起伏，世界闻名的《道德经》就出自他之手。他因爱民善思，深受民众的喜爱。

每年的二月十五是庙会日，在升仙台前，人们都会请几个戏班子来唱戏，短则三五天，长则十几天，以示纪念和庆祝。

话说这年的庙会如期而至，开戏时间一到，几班大戏陆续开演。台上锣鼓喧天，台下观众闻声而至，整个会场瞬间沸腾起来，这样的动静也惊动了涡河水中的老妖怪。于是老妖怪就派鲇鱼精前去探个究竟。

鲇鱼精离开水面之后幻化成了一位翩翩公子，只见他一身白衣，黑发飘逸，肌肤上有隐隐的光泽流动，眼睛里还闪动着一种琉璃的光芒。

他随着人流来到了剧场外围。小贩的叫卖声、孩子的笑闹声、时不时传来的喝彩声此起彼伏，人声鼎沸，喧闹无比。这对他来说是如此的新鲜。

打探一番后，鲇鱼精赶紧回去禀报老妖怪："今天是太上老君的生日，人们为了庆祝，请了几个戏班唱戏。戏院周围推车的、住店的、箍锅的、卖饭的……五花八门热闹极了。"

老妖怪被它的话撩得心里痒痒的，恨不得立马就到人间瞧一瞧。于是，老妖怪又让鲇鱼精前去打探情况，看周围有没有人，现在可否去庙会看看热闹。

它出来转了一圈，东瞅西看，四周非常安静，连个水鸟也不见一只。它火速转回，告诉大王，现在正是出去的好时候。

谁知，鲇鱼精的一举一动全被一位正在芦苇丛中方便的打渔老头看得一清二楚。

听了鲇鱼精的禀告后，老妖怪立刻跃出水面，变成了一位仙风道骨、鹤发童颜的老人。他穿着墨色的缎子衣袍，袍内露出银色镂空的镶边，手持象牙的折扇，头发以一支朱簪束起。

随后，又有虾兵蟹将变成了四个轿夫，他们抬着坐在小轿中的老妖怪，浩浩荡荡地往戏场而去。这一切都被那打渔老头看到了，他悄悄地尾随而去。到了庙会妖怪们看得津津有味，还时不时地交谈、说笑。

打渔老头实在是憋不住了，他突然用手指着妖怪大声地说："大家赶紧捉住它们，它们不是人，是涡河中的妖怪！"众人猛然一听老头的话，都吃惊地往老头手指的方向看去，果然发现这群人的言行举止和衣着打扮都跟他们很不一样。

人们再也无心看戏，纷纷往这边聚拢。围观的人越来越多，里三层外三层地把它们紧紧围住，如铜墙铁壁一般。妖怪们心惊胆战，急得抓耳挠腮，原地磨圈儿，哎呀！这可咋办耶？这么多人，想悄没声地溜走已不可能。

无计可施之下，它们只能施展妖法。霎时黑云聚集，狂风大作，飞沙走石，天地间一片昏暗，人们惊慌失措，四下奔逃。

妖怪们趁乱快速地返回了老巢，人们看到从河道里冒出了一股鲜血，一条门扇般的鲇鱼从水底深处漂了上来，浑身没有一处好地方。

人们猜想，一定是老妖怪怨鲇鱼精没有探好路，出了这么大的篓子，一怒之下就把它给处死了。

从此以后，每年的二月十五这天就没有风和日丽过，总是昏昏沉沉，风雨和鸣，人们都说是河里的妖怪们又到人间来看戏了。

（李森　高燕／整理）

# 范成美管闲事

辛集周围的生意人，有句歇后语"范成美管闲事——
头一发市"（头一发市，即第一天开张），这里有个有趣
的故事。而范成美管的闲事，就是这鹿邑、淮阳两县的
盐讼。

原来，清朝时，鹿邑属归德府，百姓吃的是淮泗盐。
可是鹿邑境内另有九十个村，属陈州府的淮宁县（今周口
市淮阳区）管，古称"悬空地"，当地百姓吃盐必须由官商
从淮宁县运入，运盐又必经鹿邑。鹿邑县为查禁盐贩走
私，设了盐巡。因为盐税是慈禧太后的"汤沐银"，所以
鹿邑盐巡这个职务位虽不高，但权重，当地无人敢惹。

一天，官盐商位同功从淮宁运盐路过辛集，被鹿邑盐
巡查到，说这是私盐入境，于是连车带货全部扣留了下
来。位同功交涉无果，只得上诉到陈州府。知府畏权，不
敢受理，转讼到行省。巡抚也推诿扯皮，不做决断，位同
功无奈，只好到御前告状。

光绪二十二年（1896年）五月，河南巡抚刘柯棠奉旨
会同陈州、归德两知府，到辛集现场勘查处理这起盐讼。

刘柯棠一到辛集，两府两县知事都去挨骂。辛集顿时

沸腾起来，但当地的举人、监生、生员们却都纷纷借故躲避，唯恐见官三分灾。刘巡抚看过现场，问过原告后，吩咐鹿邑知县传辛集百姓问话，知县得令后却万分为难，叫谁去呢？既怕回话失礼，又怕上司怪罪，正在左右为难之际，他想起了范成美。

范成美是辛集东北的一个百姓，当时四十多岁，能说会道，有胆有识。县令找他去会钦差大人，他慨然应允，立即前去进见。

范成美见到钦差大人刘柯棠，故作老实道："平民范成美叩拜盐官大老爷。"说着便跪了下来。

刘柯棠听后不禁哈哈大笑，叫范成美站起来讲话。

范成美站起来，刘柯棠含笑说他不是盐官，是河南巡抚，奉旨来辛集处理两县盐讼的，并问范成美："如果叫你处理此事，你怎样处理法？不要害怕，大胆地说。"

范成美憨厚地说："回大老爷的话，我范成美管闲事，可是头一发市呀！说多说不对，都请大老爷见谅！"

刘柯棠点点头，示意请讲。

范成美说："小民不太懂国法，只是这样想，鹿邑的盐巡，不能不查私盐；淮宁悬空地的百姓，也不能不吃盐。大老爷明镜高悬，自有公断。"

刘钦差再一次开怀大笑，并夸范成美"心地公正，意见中肯"。

后来刘柯棠对这起盐讼的结论是：鹿邑盐巡应将扣留的盐，全部交还位同功。位同功应知盐巡是执行任务，不得有任何纠缠。今后位同功运盐，走曾桥，途径邹楼、樊庄之间。由辛集南折向东北，直达位店。盐不下路，鹿邑盐巡不得干涉；盐如下路，扣留毋论。

此案经御批后，存于归德、陈州两府。其断案指导思想，当是充分吸收了范成美的意见。

范成美是一位封建社会里的平民，敢于在钦差大臣面前不卑不亢地发表处理公案的意见，给人以启迪，的确了不起。因而他的形象世世代代活在百姓心里。他那大胆、憨厚的一句风趣话，也成了鹿邑生意人津津乐道的歇后语。

（李森／整理）

# 人心第一高

从前，有个老太婆做酒来卖，但生意冷清，只能勉强维持生计。

一天，小酒坊中来了一个僧人，向老太婆讨酒喝，老太婆很大方，给僧人舀了两大碗。僧人问："你是用哪里的水做的酒？"老太婆回答："院中的一口小井。"僧人把喝剩下的一碗酒往井里一倒，就走了。

说也奇怪，从那以后，这口井水就变得酒香扑鼻，打出来的水比做的酒还浓还香，装到坛里就能卖。老太婆生意格外红火，不到三年，就盖起了崭新的大瓦房。

后来有一天，那位僧人又经过这里，老太婆十分殷勤地把僧人让到上座，端上好酒好菜来招待僧人。僧人说："这几年你的生意还兴隆吧？还有啥难处没有？"老太婆说："多亏你帮了大忙。啥都好，就是喂猪还得买糠。"僧人听后"啊啊"了两声，接着用毛笔在墙上写了四句话：

> 天高不算高，
> 人心第一高。
> 舀水当酒卖，

还嫌没有糠。

僧人走后，老太婆院中的这口井就再也没有酒香了，打出来的水还是原来的水。

（李森／整理）

# 仁让街的传说

在鹿邑城里有一条街名叫仁让街。

明朝有个鹿邑人名叫王尧日，他字明时，号更轩，家住鹿邑县城南门里路西。嘉靖十七年（1538年），王尧日中了进士，他初任广平府（治所在今河北南和境内）推官，后官至刑部给事中。他父亲王淙，是明正德十四年（1519年）贡生，曾任鲁府（今山东曲阜县境）典室，《鹿邑县志》中记载其"性仁慈，与物无争"。王尧日受过严格的家庭教育，也有他父亲的风度。

嘉靖二十二年（1543年），王尧日在朝当官。老家的人与姓赵的邻居因一墙宽的宅基地发生了争执。两家各持己理，互不相让，矛盾越来越大。王尧日的大儿子自修，见姓赵的一家是平民百姓，竟敢与自家相争，很不满意。遂修家书一封派专人星夜兼程送到北京，想借父亲的权力和威望压倒对方。王尧日收到此信后，暗想自家人如此恃势争强，早已忘了他的告诫，先父"与物无争"的家训，眼看就要丢失，很是难过。为了教育下一代，他写下了一首七绝诗派来人带给家中子弟。诗曰："千里捎书为一墙，让出三尺有何妨。万里长城依然在，不见当年秦始皇。"

王自修读后，非常惭愧和内疚，便叫来三个弟弟，当众念了父亲的信。他们兄弟几个深受教育，立即主动把自己家的宅基让出三尺。姓赵的一家看到这事，也自感羞愧，随即把自己的宅基也让了三尺出来。这六尺宽的地方，便形成了一个胡同，人们便送其一个美称曰"仁让街"。

（李森/整理）

# 炮轰老君台事件

　　位于河南省鹿邑县城东北隅的明道宫，是今天老子故里旅游景区的重要景点之一，而耸立于明道宫后院的老君台，则更是国家级重点文物保护单位。

　　老君台，又名升仙台，始建于汉代，兴盛于唐代，相传是昔时老子讲学研道之地。老君台的台体呈二十五边形，台高两丈六尺五寸，台底面积七百六十五平方米，一色青砖垒砌，台顶周围立有垛口女儿墙。老君台上，建有大殿（正殿）三间，东西偏殿各一间。其中的正殿，面阔三间，进深三间，有檐柱、元斗拱、内部梁柱为"砌上明造"。要登上老君台的台顶，需爬上三十三级台阶。

　　为什么老君台的台阶会是三十三级呢？是因为古人对"数"的认识与今人不同——他们以"三"为大，"三十三"就是"最大数"。另外，道教认为"天有三十三层"，并有"三十三层上青天"之说。老君台的正殿建在"三十三层"之上，正中供奉着一尊巨大的老子塑像，象征着老子修"道"悟"德"达到了最高境界。故而，世人又有"老子天下第一"之说。

　　老君台上的建筑古朴典雅，飞檐斗拱，雕梁画栋，高大雄伟。登上高台台顶，人们就会心旷神怡，生发一种抱朴宁静、清虚自然、道通为一的感觉。

但是，就是在这样一个古老、神秘、高耸、雄伟的古台之上，却别具一格地摆放着一个制作精巧的玻璃展柜，里面展示着几发锈迹斑斑、经过处理的日本制造的迫击炮弹。再看台上古建筑物的墙壁上，也有年代久远的累累弹痕。

这是为什么呢？

说起来，这里面还真有一段传奇故事哩。

1938 年，农历五月初四，一队武装到牙齿的日寇从安徽亳州向西开进，直逼鹿邑。当他们行至鹿邑县城东边的营子寨村时，日寇头目命令部下停止前进，并派兵前往侦察。

当时，鹿邑县城内并没有高大的建筑物，所以，巍峨耸立的老君台便显得鹤立鸡群，加上老君台上古柏森森，非常引人注目。前去侦察的日寇士兵返回报告后，进攻鹿邑的日寇头目误以为老君台是国民政府修筑的守城工事，就命人在县城东城的墙上架上迫击炮，对老君台展开了集中炮击。老君台大殿东墙、东偏殿后墙和附近的柏树，共中炮弹十三发，机枪弹无数。其中还有两发炮弹，射穿大殿山墙，一发落在了老君雕像的腋下，一发卡在梁架上。另外，还有一发炮弹卡在了大殿东侧的一棵柏树的树杈上。

令人讶异的是，日寇发射的这十三发迫击炮弹，竟然是炮炮打"瞎"，一发未响。

当时若有一发炮弹爆炸，后果不堪设想。因为，当时老君台大殿后面的老君炼丹房尚在，而炼丹房中，则被当时的国民党县政府存满了"御敌"之用的黑色炸药！如果有一发打响，即可引起炼丹房中的炸药爆炸，那样一来，不但具有千年历史的老君台会在瞬间化为一片废墟，周围的古建筑也会遭到严重的破坏，甚至有可能把古鹿邑的大半个城池都掀翻。

更令人不解的是，日本军队的十三发迫击炮弹虽然在老君台一发未能打响，但在鹿邑县城的其他一些地方，他们的这种炮弹却是伤害极大。譬如东南城角城墙上的奎星楼、南城门上的城门楼等较为高大的建筑物，日寇都是发发命中。

据知情人所述，当时日寇见发向老君台的十三发炮弹一发未炸，甚为惊奇，加之老君台那边没有任何反应，日寇误以为工事里的国军部队已撤离，于是集结部队，径直朝老君台扑去。

及至这队日寇走进明道宫，爬上老君台，看到台上大殿里供奉的太上老君，一个个张口结舌，目瞪口呆，继而便不约而同，齐刷刷地跪倒在大殿门前，并口中念念有词，请求老君爷宽恕自己向老君台开炮的罪行，并希望太上老君能保佑自己平安回国。

"日寇炮击鹿邑老君台，十三发炮弹一发未炸"的消息不胫而走，远近皆知。这是一种偶然，还是一种定数？我们不得而知。但是，这一故事，却流传得很广，也流传得很远。

当地的知情人还说，当年，日寇打向老君台未能爆炸的炮弹，有三颗分别被卡在老君雕像的腋下、大殿的梁架上和一棵柏树的树杈上，它们都被"保存"了很久很久，其中被卡在树杈上的那发炮弹，直到 20 世纪 80 年代初期，方才被人取了下来。如今，老君台上的大殿东山墙和那棵柏树的树杈上，还留有清晰的弹孔印痕和依稀可见的弹洞痕迹。

说到这里，这个似乎是神话而又并非神话的故事，似乎是应该结束了。但是，搜集整理到的资料却又无法让它结束。因为，接下来又发生了与日寇这十三发炮弹有关的故事。

20 世纪 80 年代初期，一位日本老人来到中国后，特意向有关部门提出要到老子故里观光游览。

这位日本老人及其随行人员来到老君台之后，首先在老君台下东南方向的一个地方，立下了一通日式和平碑，碑文为中日文对照的一句话——我们祝愿世界人类的和平。然后，他便在随从人员的搀扶下，步履蹒跚地爬上老君台台顶，虔诚地跪在大殿里的老君像前，念念有词，拜了又拜。

接下来，这位日本老人又诚恳地向陪同的中方人员再三道歉，并一五一十地讲述了当年所发生的一切。

原来，这位须发皆白的日本老人，就是当年向老君台发射迫击炮弹的日寇炮手。

但是，据这位日本老人所说，当时他奉上峰之命，总共向老君台发射了十三发炮弹。而在此之前，我方所掌握的却是十二发。是不是这位日本老人年纪大了，抑或年代久远，记忆有误呢？

不是的。

2002年，由于数日阴雨连绵，老君台西南角被雨水泡塌了，河南省文物局所属的古建筑施工队对老君台进行修缮。他们在清理地基时，又发现了一枚日制迫击炮弹，由于没有爆炸，不便保管，便移交给县人武部引爆了，至今仍留有引爆这枚炸弹的录像资料。这一下，正应了那个日本老人（当年的炮手）所说的"十三发"之数。

可见，日军侵华时炮击老君台十三发炮弹未响，绝非空穴来风，亦非神话传说，而是一个真实的历史事件。

（李森　于新豪／整理）

第二辑

关于老子的民间传说

# 老子降生的传说

凡开国之君和至圣先贤的诞生，往往都有些不同寻常的神话传说，老子的诞生也如此。在现存的文字记录中，关于老子的诞生，有这样一些描述——

宋真宗撰书的《先天太后之赞碑》中说，老子的母亲"感流星而受气，指仙李而诞生""七十二载，剖腋而见形"；清光绪《鹿邑县志》中则记载："老子生于殷武丁二年，然其踪迹多见于周世。"

关于老子的身世，在鹿邑当地还流传着几个不同的版本，一代代口耳相传。其中的第一个版本是——

老子的母亲叫益寿氏，子姓，名要敷。她生李耳的时候，朝阳初上，红光满室，紫气盈庭。仙鹤、喜鹊绕屋盘旋，飞鸣不止。婴儿出生后，因大耳无轮，因名耳，字伯阳。

第二个版本是——

李母本是九天玄女下凡，聪慧绝伦。一日在灵池洗衣，见一紫红鲜亮的李子从水面上漂来，李母于是捞起食之，并因此受孕，但受孕后却八十一载不生。胎儿在腹中问母："大象来否？"

母顾四周无象，以实告之。如是一日三问，日久如初，母甚厌烦。一日又问，母愤然告曰："来啦！"婴儿于是破肋而出，母血流如注。儿四顾无象，知无象皮，难医母伤，于是抱母大哭。

第三个版本是——

李母因吃了一颗李子而怀孕，七十二年后才生下一个须发如雪的大耳孩子。这孩子阔口疏齿，大耳无轮，额有三纹，鼻有三孔，生而能言，并指李子树为姓。他踽踽挪步，九步九莲，九莲九井，九龙吐露，以浴圣体。

老子长大后，聪慧绝顶，为邑人点泉酿酒，制陶烧砖，采石炼铁，铸鞭赶山，使苦地成为今天的平原沃野。

佛教有轮回转世说，民间有云，老子随朝代的变更而转世投胎，广成子、容成公皆是老子转世而成。四川成都的青羊宫则是老子转世修炼之所。

传说虽不可考，但饱含着人们对圣哲的尊崇和景仰。

（李森／整理）

# 老子为何会被神化

老子由一位尚慈、尚俭、与世无争的哲人，逐渐成为长生久视、安居天国、享祀千年的太上老君混元上德皇帝，根本原因是其在《道德经》中彰显的博大精深的哲理，与万民同心、与万物同处的真诚至爱及以水立德、宽宏大度的品行操守。他的学说为中华民族的道德文明奠定了基础，树立了标杆，确立了准绳。

春秋诸子百家，不追从老子、不取法老学者鲜矣！尽管各自成家立派，其源莫不出于《老子》。有人说，道教是中华文化之根，其实《老子》才是中华文化之根、文明道德之源。不读《老子》，就不懂中国文化、不理解中华民族高尚道德品质的真谛。

老子是一位无神论者，他否认神是万物的创生者，而他生活的时代恰恰处于崇神尚鬼的阴云迷雾之中。在这种迷雾中生存的人们，把建立丰功伟业的人奉为"神"或"仙"，把有损风尚的败类称为"鬼"或"妖"。所以老子被人们视作神也是一种时代的必然。

孔子以老子为师，赞老子为"犹龙"。龙是当时周室的图腾，是人创造的灵物，也是华夏民族崇拜的"神"。

战国时期的人把老子和黄帝并列，称道家为"黄老学派"。黄帝是当时人们崇拜的"神"，老子与"神"并列，说明远在战国时期，人们已把老子当作"神"来敬奉了。不过，这时的老子形象还是位哲人，并没有神化后的色彩或光环，也可以说仅仅有了神化老子的先兆或基础。

汉武帝崇信神仙方术，神学得以发展。虽然董仲舒进谏"罢黜百家，独尊儒术"，而道家思想仍占主导地位。仙术方家以老学为外衣出入宫廷，为武帝访仙求神，招摇行骗。"老子"成了他们的王牌。

东汉永嘉元年（145年），沛国丰（今江苏丰县）人张陵崇拜老子，推崇道家思想，通晓方术。眼见神学受佛教的影响，日渐壮大，他便产生了创建中国式教团的想法。他自认为精通儒、道两派之学，社会上也有崇神尚鬼的基础。唯一不能和佛教相比的是自己虽一度入仕为官，但与释迦牟尼的身价、辈分相差甚远。从古至今，能与释氏比肩者只有"古之博大真人"——老子。

老子与释迦牟尼同代，论资排辈也不亚于佛祖。老子学识渊博，孔子还曾问礼于老子、诸子百家皆师从老子，尊其为祖师。《老子》中的"玄之又玄，众妙之门""万物负阴而抱阳""恍兮惚兮"等词语已为大多数神学家所采用。老子的"爱民""厌兵""慈柔""啬俭""寡欲""不争"等观念也为张陵所赞同。于是他决定尊老子为鼻祖，创立道教。他吸取《老子》中的部分观点和社会上的神仙巫术，撰出道书二十四卷。假老子降临之名授书，以符水咒法为人治病。他以救人、解危、排难为借口，要信徒交五斗米方可加入教团，终身受到"天师"的保佑。在战乱天灾困扰中的百姓，如见到了救星，纷纷加入教团。

教团日渐发展壮大，老子神话也日渐形成。在之后的《道藏》中，老子已不只是一位尚慈、尚俭、与世无争的老者，他坐龙车、穿锦服、挂玉佩，由上百名金童玉女和仙人服侍，仙乐开道，旌旗蔽空，俨然是一位威风八面的天神。行笔至此，感慨吟诵——

　　　　无为啬俭不争荣，

　　　　效水立德言守中。

　　　　敦厚居实弃伪诈，

　　　　致虚爱静保淳贞。

　　　　锦袍冠冕凭空至，

　　　　玉女仙童随影行。

　　　　庙观宏宫遍四海，

　　　　皇王致祭人中龙。

（李森　于新豪／整理）

# 《道德经》真迹的传说

老子在函谷关令尹喜那里写完《道德经》，出函谷关继续西行。这话不提，单说函谷关令尹喜对《道德经》十分珍爱，视为至宝。他临终时对儿子说："这是一部无价珍宝，咱家要一代接一代地珍藏下去，不到十分紧要的时候不要献出，万万不可丢失！"说罢，就把一只玉石盒和一大捆竹简交给他。竹简上便是老子当年留下的《道德经》真迹。

到了汉朝的时候，不知是尹喜的几代子孙，受朋友哄骗，《道德经》被偷偷抄走了。社会上开始流传这部书的抄本。有的抄在帛上，有的抄在纸上。随着《道德经》的传播，社会上也开始尊崇老子了。

到了唐朝，李渊为了抬高自己的身价，追尊老子李耳为始祖，《道德经》被大量翻印，广为流传，可就是找不到老子那部书的真迹。

唐王传旨，贴出榜文，谁能找到《道德经》真迹，高官任做，骏马任骑，光宗耀祖，福禄后世。年龄相当者，还可招为东床驸马。这样，《道德经》的真迹就成了价值连城的宝贝。

当时洛阳城里有个贪官，名叫曹安，不学无术，是个有名的官迷、财迷，成天嫌自己官阶小，地位低。他听说朝廷张榜寻宝，高兴得没法说，回家偷偷弄了一捆破旧竹板，用几乎沤糟的麻绳把竹板穿织在一起，请刻字能手连夜把《道德经》文刻在竹板上，并在下面刻了作者姓名和成书时间，然后将刻字工匠暗暗灭了口。

曹安又在竹板上涂灰、熏黑，用各种办法使字迹模糊不清，于是竹板显得十分古老陈旧，像极了真正的古物。

接下来，曹安便到午朝门外撕去朝廷颁布的征宝榜文，把所谓的"国宝"献给了唐王。

唐王见宝，无限欢喜，把曹安从洛阳调到京城长安，于是曹安获得了高官厚禄，简直就是一步登天。

曹安献宝升官的消息轰动全国，这一下可气坏了尹喜的后裔尹振良。他十分恼火，心想："《道德经》真迹是俺家祖祖辈辈的传家之宝，没想到竟被曹安这个坏蛋钻了空子，这一回我不能再隐瞒不报了。"

可他家的传家宝传到尹振良这一辈时，已大不一样。在他爷爷那一辈，《道德经》的真迹是用玉石盒装着，放在一个大铁柜里，外边锁了铁锁，钥匙在尹振良的祖父手里。但尹振良的祖父往尹振良的父亲手里传交的时候，只传了铁柜，并没有钥匙，说是"从此以后，辈辈往下传，不准再开锁。不到十二分必要时，不准砸锁开柜"。到尹振良这一辈，他格外珍视，为防能贼砸锁，他又在柜鼻子上加了焊死的钢箍，不把铁柜砸烂，别想盗出真经。

得知唐王张榜征宝后，尹振良原本并不想献出，后来就听说被曹安钻了空子，他十分生气，想要正本清源，于是决定送柜献宝，可又担心路上被贼人所截，就空手一人闯进皇宫，把《道德经》真迹祖传的情况前前后后向唐王说了一遍，并揭露了曹安的骗局。

曹安被判欺君之罪，打入死牢待斩。唐王亲派十八名卫士，由班头王高率领，随尹振良一起，去他家抬宝。

几天后，卫士们来到尹振良家，看到的却是一片惨不忍睹的景象。尹振良的母亲倒在血泊里，妻子奄奄一息，躺在后花园的一角，脖子上的刀口里还在往外流血，丫鬟也都伤的伤，死的死。尹振良惨叫一声，向母亲扑去，昏倒在地。

尹振良的妻子被抢救过来以后，叙述了事情发生的经过。前一个晚上，他们家突然闯进来一群身穿黑衣、脸蒙黑纱的强盗，他们一顿乱砍滥杀过后，硬把铁柜抢走了。

卫士们回朝向唐王禀报了实情。唐王传旨，御史大夫亲自坐镇破案。三天后，一个叫张狼的人突然跑来报案，供出了案情：地方官尹嵩昌，为了冒充尹喜的真正后代，纠集暴徒，夜袭尹振良家，杀人抢宝，妄图让他在朝中做小官的儿子尹玉升爬上驸马宝座。尹玉升正是十八名卫士班头王高的亲外甥。

抢劫案发生后，尹嵩昌为了防止事情走漏风声，就想把不是真正亲信的参与者张狼杀掉。张狼早得消息，就逃出来把案件的内情如实供了出来。

经过进一步的调查，案件的确与卫士班头王高有关。那天，得知他要被派去尹振良家抬铁柜，于是在走之前悄悄把秘密泄露给了外甥尹玉升，并给他出了坏主意，让尹玉升快马捎信给他的父亲尹嵩昌。

朝廷震怒，最后尹嵩昌被判决斩首，王高和他的外甥尹玉升被判重罪。装有《道德经》竹卷的铁柜被人从尹嵩昌家抬上了金殿。

唐王又把尹喜的真正后代尹振良宣上金殿，准备同他一起开柜取宝，行赏封官。没想到砸开铁柜一看，里头没有玉石盒，只有一捆子没字的竹板！

尹振良大惊失色，这真是晴天霹雳！要说是尹嵩昌偷换了吧，尹振良在柜鼻子上焊死的钢箍没有半点儿动过的痕迹。这到底是怎么回事？尹振良有口难辩。唐王恼火至极，于是把尹振良也判了欺君的死罪。

行刑那天，尹振良失神落魄，披头散发，被押到了午朝门外，绑上斩桩，准备斩首。天到午时，三声大炮响了两声，眼看尹振良就要人头落地，忽然有一人闯进法场，大喊一声："刀下留人！"

来人名叫尹阳海，年过七旬，白发苍苍。尹振良的爷爷在世的时候，尹阳海是他的管家。

原来，尹振良的爷爷对祖传《道德经》真迹极不重视，甚至想当柴烧了，还向管家尹阳海随便泄密。尹阳海看出了这部书的价值，认为此书真迹在主人手里有被葬送的危险，于是就决定代为保管。他找了个合适的机会，盗走了主人的钥匙，开柜后把真迹连玉盒都取走，并在柜内换上了一捆竹板。取回真迹后，他没有告诉任何人，而是放进了自家的夹墙之中，准备代主人家保管，等自己临死时再传给主人家的后代。

尹振良的爷爷呢？失了钥匙，丢了真迹，却假装没失，而且他还规定了以后只传铁柜不传钥匙的新办法。

朝廷传来悬赏消息后，尹阳海正打算把《道德经》真迹转交给尹振良，却不料接连发生人命案件，他怕说出来被定为盗宝死罪，就隐瞒了实情。

但后来，他见尹喜后代马上要被皇帝问斩，这才冒死前来说出了真相。

于是，尹振良被卸下斩桩。唐王派人把盛着《道德经》真迹的玉石盒从尹阳海家的夹墙里取出，并奉上金殿。开盒鉴定后，确属真迹。唐王大喜，下旨斩了死囚牢里的骗子曹安，对尹振良、尹阳海分别行赏封官；又传旨，在宫院内修建秘密藏书的密香阁。他还下令在老子的家乡曲仁里（鹿邑城东）修建紫极、洞霄二宫，合称太清宫；还把《道德经》真迹放在太清宫里的藏经楼让人们观看，周围派了重兵把守。

后来，"安史之乱"爆发，贼兵放火烧了太清宫，《道德经》真迹连同藏经楼也一起被焚了。不过据传，藏经楼里让人观看的真迹其实也不是真迹，那是按真迹仿制的，真正的真迹还密藏在唐宫的深院里。但不幸的是，这份真迹也在战乱中失佚了。

　　究竟它身在何处，至今我们都不得而知。

（李森　于新豪／整理）

# 孔子问礼于老聃的传说

关于孔子问礼于老聃，历史上实有其事，不少古籍都有记载。如《史记·孔子世家》所载，虽有本传记载稍异，但对"问礼"一事则确认无疑。孔老相会和孔子问学于老子的记载见于《礼记·曾子问》四次，《庄子》五次（见"天地""天道""天运""田子方""知北游"各篇），此外也见于《孔子家语》和《吕氏春秋·当染篇》。孔子问礼于老聃的故事也出现于不同学派的典籍上。

古籍中记载的孔子问礼前后共有两次。一次是老子在鲁国巷党为友人操办葬礼时，曾邀请孔子帮忙主持葬礼，因送葬路上恰遇日食现象，二人对于日食降临时当行还是当止有不同观点，于是在从墓地返回的路上，孔子向老子问礼，老子阐明了自己的观点，得到了孔子的认同。另一次是孔子和南宫敬叔一道受鲁王派遣，驾着驷马一车，到东周王城洛阳"问礼于老聃，访乐于苌弘"，查考先王之遗制，探究西周王朝的礼乐制度，离开洛阳时老子曾以言送孔子。

其实，孔子问礼于老子前后共三次。这第三次问礼之处，就是鹿邑县东大街路北的明道宫，时间是孔子陈、蔡被围后，自陈返鲁的途中。

然而不知何故，此次问礼史籍中并无记载。现在想来，其原因可能如下：一是同类事情，无须反复记录；二是因鹿邑地方偏僻，消息难以上达国家史官（此时尚无私家作史之例）；另外可能因为老子崇尚虚无，不务虚名，又将返隐西游，故嘱咐门下密隐其事。

虽然此事没有正史记录，但在豫东民间却盛传不衰，下面就把这段传说简录于下：

话说孔子一生不得志，仅做了鲁国三个月的司寇，就被新兴的封建势力轰下台来。为了恢复他认为最理想的西周社会形态，他开始带领众弟子周游列国，传经布道，宣扬"克己复礼""仁爱忠恕"等儒家思想。怎奈其所处的时代，正是封建制取代奴隶制的大变革时期，新兴的地主阶级向没落腐朽的奴隶主贵族展开了全面的夺权斗争，整个天下礼崩乐坏。所以，孔子所宣传的那一套并不合时宜，所到之处，处处碰壁。更有甚者，孔子在陈、蔡间惨遭围困、绝粮七日，险些连性命都搭了进去。

陈蔡之围一解，孔子心力交瘁，遂仰天长叹曰："道不行，乘桴浮于海！"遂打消了继续西行传道的念头，并率领众弟子掉转车头，返鲁而去。

老子是鹿邑人，家住今鹿邑县城东十里的太清宫，当年叫作濑乡曲仁里。他原在东周王朝做史官，掌管朝廷的图书典籍。周景王死后，王朝发生了争夺王位的内讧，王子朝与敬王、悼王展开长期的争夺战。最后王子朝战败，席卷了所有的图书典籍，逃亡到楚国，把图书作为见面礼献给了楚王。图书既已不存，老子无事可做，并且对统治阶级的内讧十分反感，于是厌倦官场，回到了阔别已久的家乡，再次到明道宫修道。

再说孔子，在返鲁途中进行了苦苦的反思以后，对自己宣扬先王之道无人接受的事实，仍然百思不得其解。正在苦苦思索时，不觉已来到了鹿邑县境。对于老子回乡修道，孔子当然也有所闻。所以来到鹿邑，便萌发了再次拜访老子，以请教释疑的念头。主意打定，便径直造访。

在鹿邑，孔子受到了老子的热情接待，并用宋河酒盛情招待了孔子师徒一行。孔子在连赞"好酒"之后，告诫其弟子说："唯酒无量，不及乱。"意思是说，你们众人不论酒量大小，但都不要因酒好而贪杯吃醉了，不要闹出笑话。至于孔老的谈话内容，无非是针对孔子提出的问题，阐发其"顺其自然""清静自正，无为自化""无为而无不为"的哲学思想和治世方略。

按说此次相会主要讨论社会问题，已经脱离了周礼的内容，为什么后人仍称为"问礼"呢？笔者认为，既然孔子问礼已被传为佳话，所以陈陈相因，人们仍旧称为问礼。但无论如何，这个传说和明代所立的"孔子问礼处"碑刻一样，从一个侧面证实了此事的真实性。

（李森/整理）

# 老子收服青牛

相传春秋时期，苦县东部有一座高入云霄的隐阳山。这座山主峰的东南侧有个不大显眼的小峰，这小峰，远看像牛，近看像牛，左看像牛，右看像牛。不但形状像牛，而且春夏秋冬四季常青，所以人们给它起名叫青牛峰。

话说当年，青牛峰下曲仁里一带的村庄，突然出了一桩怪事，庄户人家的麦秸垛一个接一个地失踪。头天晚上还是好好地堆在那里，可第二天早起一看，已经不翼而飞了。

人们感到十分惊奇，男女老少议论纷纷，谁也说不清楚是怎么回事，心里十分害怕，天不黑就关门睡觉，第二天日出三竿才敢起床。

曲仁里村有一个姓张的大汉，上山敢打虎，下海敢擒龙，天不怕，地不怕，人送外号"张大胆"。张大胆这几天故意晚睡早起，有时还半夜起来走走。这天张大胆五更起来拾粪，刚到村边，一抬头，见西北天空，青光一闪，一大团黑云向这边飞来。但见那黑云落到一个大麦秸垛上，转眼间，连黑云带麦秸垛就全不见了。

这是怎么回事？张大胆百思不得其解。他心里想："俺村李耳是个不寻常的少年，他生下来就白发、白须，好读书，爱动心思，善观天象，聪明过人，我不如问问他，看到底是怎么回事。"他找到李耳，把看到的情况从根到梢说了一遍。

李耳也感到稀奇，说不清是怎么回事。但他是个遇事好弄个究竟的孩子，便连夜和张大胆跑到村边，爬上柳树，往树杈上一坐，瞪大眼睛往西北天空观瞧。看了一阵，不见什么动静，李耳就把舅父送给他压书的如意金钩从怀里掏出来，挂在了自己的脖子上。

突然，只听得"轰隆"一声，西北角上青烟腾起，接着，狂风大作，只刮得尘沙飞扬，雾气茫茫，活像掉入黑洞之中。大团大团的乌云向这边滚滚而来，然后又变成了一只白色的麒麟。它浑身洁白，长着两只尖角，双眼像铜铃，四蹄生风，大嘴一张，麦秸垛就呼呼地往天上飞，就像往铡口里送草一样，一会儿就全到它肚里去了。

李耳看到这里，屏着气，一声不响。他身边的张大胆却憋不住劲了，从树上跳下来，"扑腾"一下落到了麒麟的脊背上，一手抠着它的鼻孔，另一只手握起小碓杵一般的拳头，照它眼上乱捶起来。白麒麟急了，尾巴一拧，在地上翻滚起来，一连翻了二九一十八翻，连压带砸，把张大胆弄得浑身是伤，鼻口出血，半死不活地躺在地上。接着，白麒麟又后退了好几丈远，头一勾，眼一瞪，两只角照张大胆抵去。

在这危急时刻，树上的李耳出手了。这个平常看来十分文弱的少年，这时一下子来了天大的勇气，地大的机灵，像鬼使神差一样，他"呼"的一下子从树上跳下来，骑到白麒麟的脊梁上，一手扳着它的角，一手去抠它的鼻子。

白麒麟两眼一瞪，"扑腾"一声卧倒，准备就地翻滚。李耳吸取了张大胆的教训，自己轻轻一蹦，从白麒麟身上跳下来，落到了一边。白麒麟没发现落到旁边的李耳，只顾着翻滚，"扑通！扑通！"使劲摔自己的身子。等它发现自己背上没人，李耳在旁边站着的时候，就勾着头使劲儿朝李耳抵去，抵完之后，双角半天才拔出来。再看地面上，留下两个茶盅粗的窟窿。它扭头一看，见李耳又在它屁股后头站着，就掉转身，瞪眼勾头，第二次向他抵去。李耳又一转身，闪在一旁，"扑哧"一声，白麒麟的两只角又扎到了地里，拔出角来后，地上又留下两个窟窿。白麒麟两次扑空，不由得无名火起，一声怪叫，腾身跃起，"呼"的一下，身子长得像一间屋子恁大，犹如泰山压顶一般，连身子带头，一下子向李耳砸去。李耳也不知道自己为啥来了这样大的机巧，像有人驱使着一样，往外轻轻一抽身，脚尖在地上一点，飞身跳起，一下子骑到了白麒麟的脖子上，又连忙从自己脖子上摘下如意金钩，一只手抠着它的鼻子，一只手把金钩给它扎上，接着用两只手猛劲一勒。那白麒麟"扑通"一声，前腿跪地，活像泄了气的皮球，霎时变成一头青牛，还连声说着："主人饶命，主人饶命！"

李耳从牛身上跳下来，一手抓住牛鼻具一样的如意金钩（据说牛扎鼻具就是从这时开始的），厉声问道："畜生，你是哪方妖孽？为啥来这里兴风作浪，偷吃麦秸，弄得我们牲畜没草吃，人也没柴烧？快快从实说来！"

青牛老实地回答："主人，我不是麒麟，两只角和动作都不像麒麟。其实我是你的侍从，所以，在我面前你格外胆大。我原是浑天老祖的一头耕牛，一百年前的一天，老祖忽然吩咐我道：'牛儿，牛儿，你要牢记，一百年后，尘世上有一替天行道之人要与你结下不解之缘。此人点化恶者，劝人向善，传播真谛，造福于民，可是他没有助手。我命你一百年后，前去助他一臂之力。给你一百年时间，在曲仁里旁边的隐阳山等候，啥时遇上一个手拿如意金钩的人将此钩扎在你的鼻孔里，他就是你的主人。'于是，我偷偷来到隐阳山，化作青牛峰，又化作白麒麟，下山吃麦秸。今日主仆相遇，多有冒犯，望你恕罪。"说罢，它把嘴一闭，变成了一头凡牛，再也不会说话了。

李耳把遍体是伤的张大胆扶上牛背，牵着青牛往村里走去。

从此，隐阳山主峰东南的青牛峰就不见了。

（李森　于新豪/整理）

# 紫气东来的传说

顾名思义，"紫气东来"就是紫气自东而来，用来比喻祥瑞降临。正是由于它的美好含义，所以在中国民间，当每年的春节来临之际，大家经常把这四个字作为春联的横批，贴在门框上。

汉朝人刘向在《列仙传》中写道："老子西游，关令尹喜望见有紫气浮关，而老子果乘青牛而过也。""紫气东来"这句成语就出典于此。此处所说的"关"是指函谷关，在河南省最西部的灵宝市北边，是中国最早的雄关要塞之一，与山海关、武胜关等齐名，并称为"中国八大雄关"。函谷关在春秋时期开始建立，三千多年来，一直都是东至洛阳、西达长安的咽喉要道，成为历代兵家必争之地。

关于"紫气东来"有一个美丽的传说。

老子很有学问，在周王朝担任主管图书典籍的官职。在他七十多岁的时候，天下大乱，诸侯之间为争夺地盘和权位经常发生战争。老子预料到将来会发生更大的战乱，所以就辞官不做，骑着一头青牛，离开了洛阳向西走去，想要平平安安地度过晚年。

一个清晨，函谷关善观天象的关令尹喜突然看到东方

紫气氤氲，便出关相迎，果然见一长须如雪、道骨仙风的老者，骑着青牛悠悠而来，他正是老子。尹喜热情地把老子留下来，请他做篇文章再走。于是老子就写了一篇专门讲"道"和"德"的文章，约五千字左右。后来人们把这篇文章印成书，书名就叫《老子》，又叫《道德经》。

老子写完文章后，骑着青牛出了关继续向西走去，后来也不知道走到哪里去了。从此，在道教的众多神仙中，老子成了至高无上的天神，叫"太清道德天尊"，在民间，都尊称他为"太上老君"。

老子的《道德经》虽只有五千字，但却留下了许多成语，诸如"自知之明""善始善终""千里之行，始于足下"等都出于此，被我们世代沿用。

而今，一进入函谷关风景点，就能感受到浓厚的文化气息，老子骑着青牛飘然而至的石头塑像、老子撰写《道德经》的书案"灵石"和"自知之明"等名句的石刻都跃然眼前。

（李森　于新豪／整理）

# "老子天下第一"的由来

在唐朝，人们比较推崇道教。

隋朝末年，社会上广泛流传着"天道改，老君子孙治世""杨氏将灭，李氏将兴"的政治谶语。这些谶语，一方面动摇了隋朝的统治，统治者因此下令"尽诛海内凡李姓者"，更催化了社会的动荡倾颓；另一方面，各方有志之士也利用这一谶语大造政治舆论，倾覆之心蠢蠢欲动，一时间山雨欲来。

隋大业十三年（617年），李渊自晋阳起兵，道士们积极响应起义军。楼观道士岐晖大肆宣传"李氏兴，天道改"，称李渊为"真主""真君"，并开仓献粮，支持起义军。著名道士王远知在李渊起兵前，自称奉老君旨意，密传符命。道士的宣传，实际上是利用老君李姓，为李渊集团制造"皇权神授"的舆论氛围，以此来号召社会民众，推翻隋朝腐败的统治。

唐朝政权的建立，结束了从南北朝以来胡戎交替侵犯、南北分裂的纷乱局面，开创了欣欣向荣、歌舞升平的大唐盛世。伴随着门户开放和对外文化交流，波斯的袄教、摩尼教，阿拉伯的伊斯兰教等纷纷从丝绸之路和海上航道传入中土，在长安及各大城市、商埠出现了礼拜寺等各种宗教活动场所。

多民族的交往、多种文化思想的交融、多种音乐艺术的交杂，使得唐朝社会产生了多元文化共存的新形态。

李氏唐朝建立后，尊崇老子为"圣祖"。

武德元年（618年），唐高祖称老君显灵降临羊角山，诏令于其地建立太上老君庙，并举行了盛大的祭祀活动。同时，楼观道士因佐唐有功被赐予了丰厚的奖赏。此外，为促进道教的发展，官方还颁行了一系列扶持、推崇的政策。于是道教在全国各地迅速地发展起来。

唐朝初期崇奉道教的另一个政治原因是，当政者需要利用道教来抑制佛教的发展。南北朝以来，魏武帝崇道排佛、梁武帝崇道尊佛、周武帝抑道毁佛，都成为社会政治中的大事件，也都是政权斗争的产物。唐高祖和唐太宗虽然尊崇道教，但并不迷信道教，只是巧妙地利用道教为其政治统治服务。

武德八年（625年），唐高祖李渊提出以中华本土之道教为先，儒教居中，佛教为末的三教序位，他认为道教能经邦致理，返璞还淳，而教主老子还是唐宗室的先祖，李氏王朝的建立，实赖老君的功德。

贞观二十一年（647年），唐太宗李世民祭祀老子，下诏重申："老君垂范，义在清虚；释迦贻则，理存因果。求其教也，汲引之迹殊途；穷其宗也，宏益之风齐致。然大道之兴，肇于遂古，源出无名之始，事高有形之外。迈两仪而运行，包万物而亭育，故能经邦致治，返朴还淳。"

同时，朝廷还封老子为"太上玄元皇帝"，下命朝内百官研习《老子》五千文，科举策试增加《老子》条目，设立宗正寺，掌管道士佛徒。由于政策的优惠，出家为道的人数激增，各地的道观也呈林立之势。

然而，佛教徒们也不甘示弱，围绕着道、佛二教教义优劣之争、华夷先后之争和老子西去化胡之辩的佛道争论由此展开。

僧人法琳作《辩正论》驳斥道教，道士李仲卿作《十异九迷论》、刘进喜作《显正论》等反驳佛教。由于唐王室的支持，道教在辩论中取得了胜利。

唐玄宗在武则天、韦后专政下度过青少年时代，对两后利用佛教和僧人称帝专权的行为深恶痛绝。即位后，他一改中宗、睿宗旧制，推行崇道抑佛政策。

唐玄宗在他近半个世纪的统治中，自始至终地崇奉道教。随着道派的涌现、经典的编纂、宫观的兴建和仪轨的修订，道教逐渐成为国教，走向了全面发展的高峰。他在天宝改元诏书中声称："朕粤自君临，载弘道教，崇清静之化，畅玄元之风，庶乎泽及苍生。"（《混元圣记》卷八）设置老子在佛儒之首，称为"万教之祖"，确定了道教的领导地位。

唐玄宗在治国经略上，主张"发挥道教，弘长儒风"，即以道家思想为精神主导，以崇奉道教淳德天下，以儒家纲伦整治社会。他一再强调以道治天下，认为"人君以道德清静为教""以无为不言为教"，又言"无为则清静，故人自化，无为则不扰，故人自富。好静则得其性，故人自正，无欲则全和，故人自朴。此无事取天下矣""侯王若能守道无为，则万物自化"。

唐玄宗认为帝王好清静之化，施无为之治，"同归清静，共守玄默"，上行下效。为臣者可以保身、兼济于人。百姓自然返璞归真、安分守己、乐于家业，知善而不犯刑。上下合道，天下同心，社会昌盛。这就是唐玄宗以清静无为之道治理国家的基本思想。

在学术思想领域中，唐玄宗竭力推崇《老子》，尊封为《道德真经》，视为李氏王朝的"家书"，诏谕天下"士庶家藏一本，劝令习读，使知指要(《诏庆唐观》)"，希望"同心同德，化流四裔。……家藏《道德经》，冀德立而风靡，道存而日用，则朕之陈祖业，尚家书，出门同人，无愧于天下矣。(《再诏下太上老君观》)"

玄宗还亲手注释《道德真经》，颁于全国，命令设立崇玄馆，招收生徒，研习《老子》以及《庄子》《文子》《列子》，命贡举加试诸策，经科举考试后，可获得崇玄博士称号。

唐天宝二年（743年），唐玄宗加封老子为"大圣祖玄元皇帝"。天宝八年，又封其为"圣祖大道玄元皇帝"。天宝十三年，又进封其为"大圣祖高上金阙玄元天皇大帝"，并在全国范围内增建老子庙，两京的老子庙改称太清宫、太微宫，亳州老子庙亦称太清宫，天下诸州的老子庙则改称紫极宫。诸宫皆拟宫阙之制，祭献太清宫的礼仪与祭献太庙同。玄宗又命各地铸老子像，或绘祀老子像。老子不仅是唐王朝的"圣祖"，而且也成了护国、护教神。

盛唐时期，道教涌现出了许多流派，有正一派、高玄派、升玄派、金明派、三皇派、灵宝派、上清派等。各派间均有严格的经戒、法箓传授次序，有不同的斋醮仪式。出现了众多有名望、有道术的道士，如王远知、潘师正、司马承祯、李含光、杜光庭、张万福、史崇玄、叶藏质等。

司马承祯（647年—735年），字子微，法号道隐，又自号白云子、天台白云子、中岩道士、赤城居士。河内温县人，出家于嵩山。得潘师正亲口传授《金根上经》《三洞秘箓》，以及符箓、辟谷、导引、服饵等道术，后成为陶弘景正一法统的三传弟子。

景云二年（711年），司马承祯奉旨入宫，睿宗问其阴阳数术和修身治国的大事，司马承祯以老庄哲学、道教思想的"顺物自然""淡漠无为"为宗旨，向睿宗说教，深受睿宗的赞许。

唐玄宗时，司马承祯被多次召见，向皇帝亲授法箓和上清经法。司马承祯认为五岳山川祭祀的神祠，都是山林之神，上书请别立斋祠。玄宗采纳其言，令在五岳名山重建真君祠，祠内诸神形象、冠冕、章服、佐从神仙、殿宇设计，以及祠内的各项制度，皆由司马承祯按道教经典推意制造。

而由皇帝亲自许令道士在五岳重镇按道教传统建立斋祠、主持祭典，这在道教发展史上是少有的。从道教方面来看，创立道教斋祠，主管五岳祭祀，是由司马承祯首开先例。从此，道教得以参加国家重要祭典活动，并与儒教祭祀山川的礼式抗衡，社会影响力大大提升。随着道教宫观的建立和发展，道教科范仪式的完善，道教更加成为统治阶级的御用工具。

司马承祯宗教理论思想主述于老庄哲学，兼受儒教的影响。在多重影响下，司马承祯宣扬清静无为、主静去欲、修心得道的道教修炼思想方法，秉承道家哲学的宗旨，提出"收心""坐忘"的论点，对后世哲学思想的发展，有一定的影响。

宋代理学家程颢所宣传的"定性"，即使人保持心理状态的平静，既不是全不应物，也不是应物而不返；周敦颐《太极图说》中"无欲故静"的去欲主静说等，与唐代道家的哲学思想均有师承关系。

唐朝在宣宗大中（847 年—859 年）年间曾一度"中兴"，之后国势便江河日下。唐武宗、唐僖宗好长生术，耽溺于金丹方术之中。黄巢起义后，帝室避难入蜀，仍重开道场，扶持道教，造成前后蜀的信道风气。

道教在四川的复兴，直接影响了江西、南唐地区的道教活动，也间接促使了此后北宋真宗、徽宗的崇道。

故此，"老子天下第一"这句俗语便在民间一代代流传下来。

（李森 于新豪 / 整理）

# 李耳得道真源地

老子年轻的时候，整天勤奋读书。一天，他坐在濑乡沟边，一边读书一边想："人间非旱即涝，风雨不调，百姓受罪。我如何才能从书里找到一个妙法，使天下通畅和顺呢？"想到这里，他合上书本，起身到树林里散步。

正行走间，老子忽然看见前边拐弯的地方金光一闪，现出一条蓝色的小路，曲曲弯弯顺着山坡往大山上伸去，一直伸到云彩眼儿里不见了。老子心想："奇怪！我从来没见过这座山和这条小路哇！可能是因为这里树林又深又密，没谁来过，所以谁也没发现过这条山路。我要沿着这条路一直往前走，看看到底能走到哪里去！"他顺着山势往上爬，一直到了山顶。

原来，这座山的山顶是一片平地，这里有青松翠柏，紫石绿水，芳草丛里开着红、黄、蓝、紫各色花朵。白鹤成双，彩霞朵朵。一棵大松树底下有个古香古色的八角亭，上盖绿琉璃瓦，底下四根大红柱子上绕着金龙。亭子旁边摆着十二口大缸，地上放着一个水瓢。亭子里有一张石桌，两条石凳子。两位老人正坐在石凳上下棋，有一位年纪大些的老人，头发、胡子雪白，而且眉毛长得老长，穿一身胸前带阴阳二气纹样的青袍；还有一位年纪稍轻的老人，花白头发、黑胡子，目光炯炯。两位老人是谁？是玉皇大帝派的白胡、黑胡二位使臣。他们是前来点化一个德行兼优的人，使他得道成仙的。

黑胡老人说："白胡兄，咱要向这个年轻人传授真谛，又不能直接说，这该咋办呢？"

白胡老人说："好办，就以咱面前这盘棋和旁边十二口大缸里的水为题。"

二位老人正说着话，李耳已经来到他们身旁的大松树背后。隐隐约约听见他们说"一个年轻人""不能直说"什么的，就站在大树背后偷听起来。

黑胡老人问白胡老人说："老兄下棋，局局取胜，到底有何妙方？能谈谈下棋之道吗？"

白胡老人说："这下棋如同用兵，要能放得开，又能收得拢。对一盘棋子，要看到全体，也要看到局部。要能把它们放得错综复杂，又能把它们收拢得平衡适中，就和那边十二个大缸里的水一样。"

"老人家，您说得好！"李耳高兴得没憋住劲儿，一步从松树背后走了出来。没想到就在这时两位老人一下子就不见了，旁边只留下十二个水缸。

老子来到十二个大缸跟前，见缸里水有多有少，很不均匀。有的缸里水满满的，有的缸里水少得还不到半瓢。他想起刚才两位老人说的"能放得开，能收得拢，能错综复杂，能平衡适中"，看着缸里的水，心里豁然开朗，于是拿起水瓢把十二个大缸里的水细心地匀开，使每个缸里的水量大致相等。他做完这些，抬头一看，咦！仙山美景全部消失，原来自己站在一片树林里，手里还拿着刚才读着的那本书。

老子转身往回走，来到曲仁里村边，看见一片新春美景，柳扯绿丝，桃吐嫣红，破烂屋变成新房。他认不出哪是自己的家了。一个黑胡老头一把拉住他说："耳叔，这些年你到哪里去啦？"老子仔细看了一会儿才认出来，这人是自己好友的儿子王结实。老子说："我才出去一会儿，你怎么长了满脸胡须呢？"结实说："哪里是一会儿？几十年已过去，我如今已经老了。"

老子把自己在山上的情形向结实说了一遍，结实又惊又喜，说："怪不得这些年风调雨顺，原来是你把十二个大缸里的水匀开了！那十二个大缸里的水是十二年的雨量啊。两位老者下棋之语，那是仙人对你的点化，你已经得道啦！"

从那以后，老子更加聪明，成了半仙之体，看啥事看得更深了。

（李森　于新豪/整理）

第三辑

清官范钟在鹿邑

# 审碑断案

清朝末年，政府软弱无能，面对外国列强入侵，一味割地赔款。朝廷内部贪污腐化严重，大小官员不劳而获，多以掠夺民田、横征暴敛浑噩度日，百姓苦不堪言。在米价飞涨、物资短缺的岁月里，中原大地更是一片雪上加霜的景象。作为天下粮仓的河南亦是满目疮痍、饿殍遍野，豫东小城鹿邑县也不例外。

当时的知县黄庭芝不顾百姓死活，成日里花天酒地，与绅士地主们沆瀣一气，搜刮民膏，作威作福。当地百姓在官府和豪强的双重压迫之下，有冤无处诉，有债无处讨，可谓叫苦连天。

但也不是所有官吏都是无德无才、昏庸至极，新上任的知县范钟就是一位清官。他出身于文儒世家，又受过西方文化的熏染。在河南巡抚张人俊的推荐下，范钟于光绪三十三年（1907 年）九月赴任鹿邑。

据说，范知县当天接印很顺利，因为上任黄庭芝早已将当年地丁一扫而空，毫不在意这知县之位，就连县衙里也只留下一枚印章，连印泥都没有了。

范知县在县衙后宅里安顿下来之后，首先就将父亲的遗训《作吏十规》悬挂于正对书案的墙上。他还记得父亲当年对他们兄弟的教导——"为官一任，造福一方"。

据记载，南通范氏本是宋代名臣范仲淹之后，为范仲淹次子范纯仁（忠宣公）一脉。范家祖居苏州，因战乱等原因，范家支脉迁至江苏南通。自范应龙开始，范氏家族再次文昌武盛。至范钟所在的第十代时，那真是人才辈出，声名远扬，堪称典范。

常言道，新官上任三把火。这火从哪儿烧，对初任知县的范老爷来说是一个大难题，他满怀报国之志，越发感到压力巨大。晚上，范知县安排家人为自己准备两个小菜一壶小酒，历经数日舟车劳顿，先给身体解解乏，顺便理顺一下工作思路。

第二天天没亮，衙差们就把范知县吵醒了，平时打都打不起床的衙差们，今天来得倒是早——他们都想在新来的老爷面前献个殷勤，说不准能谋个美差事。

范知县洗漱完毕来到衙堂时，衙差们都乖乖地立于衙前。

"咱们有急需处理的衙事吗？"范知县问道。

衙堂下面一片鸦雀无声。于是，范知县心里有底了，下面这帮家伙除了会搜刮之外，肚子里什么也吐不出来。

"既然没有什么事要做，那咱们就去老君台看看，先了解了解鹿邑的民情。今天刚好是十五，顺便给老君爷烧炷香。"范知县接着说道。

"老爷圣明！"衙差们齐声道。这句是这帮家伙的常套话，再说，老君台的香火钱也是他们的一项收入，一听到去老君台烧香，每人心里都来了劲儿，他们又像往常一样心里打着各种算盘。

一行人很快就来到了衙东三里的老君台。老君台，又名升仙台。鹿邑县是老子的诞生地，传说老子就是在老君台羽化成仙的。相传，老子约生于周灵王元年（公元前571年）农历二月十五日。人们为纪念老子诞辰，每逢初一、十五都要到老君台，登上三十三级升仙台去烧香叩拜。

今天的香火和往常一样旺盛，老君台上人山人海，与冷清的县衙相比，可谓是天差地别。香客们看到官差们到来，自觉地闪开了一条通道，并且都把香火钱放到方便的位置。

范知县先从正殿降香，自东而西依次向天许愿。他祈求保佑鹿邑大地风调雨顺、黎民百姓四季平安。一番叩拜之后，在衙差们的怂恿下，范知县向城东的太清宫走去。

他们走后，香客们都感到纳闷——今天这些衙差怎么没有收香火钱？四处打听之后方知，今天是新任县太爷上任的第一天，怪不得原来的"老规矩"不敢执行了。

范知县一行人大约走到八里处时，突然看到涡河南岸聚着二十多人，似乎还有哭啼之声，于是范知县率领衙差上前看个究竟，只见两个孩子正跪在一具尸体旁边大哭喊冤。经询问才得知，死者是两月前失踪的民妇王翠花，乃太清西二里陈庄人氏，五年前丧夫，和一双儿女相依为命。孤儿寡母，无依无靠，看尽了世态炎凉，受尽了生活窘迫，每当农忙时都得靠亲戚帮助。

王翠花的姐姐嫁在八里庙，两家相距二里，中间一河相隔。每当农忙时，王翠花都要请姐姐和姐夫前来帮忙。不巧两年前姐姐因伤寒病故，留下姐夫和独生儿子两人，两家只能相依为命。一来二去的，两家人变得如同一家，生活也才勉强过得下去。常言说日久生情，就在麦收之后，村里有人传言王翠花将要搬到八里庙姐夫家去住。说来也巧，两个月前王翠花把家中唯一一头老黄牛牵到集市上变卖了，而王翠花自此就突然失踪了。姐夫和孩子们四处找遍都没有找到，于是报了官。不报不要紧，这一报，姐夫刘二民可就成了官府认定的最大嫌疑犯了。

刘二民此时依然被关押在县衙的牢房里，但一直都不肯招供。

王翠花的尸体现在突然被找到，事情变得复杂起来。

范知县听了来龙去脉之后，思索片刻，心想这案子难了，时隔两月之久，尸体已经腐烂，也不知作案现场在何处，即使找到了现场也极可能已经没有了线索。

经过片刻沉思，范知县决定先查验尸首。尸首现已发出阵阵的尸臭味，从整体上看没有明显钝器伤害。经一番询问得知，尸首是由一位正在耕地的农夫发现的，他先是闻到了一股臭味，顺着臭味，拨开芦苇，发现尸体被一个大石块压在河里。

范知县派两名差役下河把那块石头打捞上岸，搬到岸上仔细研究。豫东平原地势平坦，巨石属于罕见之物。拨开石上的杂草之后，差役们都认出那块石头是原先太清宫后宫娃娃殿的一块破损的石碑。

范知县经过一番仔细的推理，认定此案不可能是姐夫刘二民所为，他根本没有作案动机；也不可能是外地人作案，因为被害人家与石碑相距二里，一定是附近游手好闲之辈贪图财色害命。今天正是十五庙会日，想必案犯定在人群中游荡，如果召集众人，通过察言观色，说不定能发现线索。

经过一番考虑之后，范知县决定冒险一试。于是他吩咐衙差安放好尸首，随后将碑石抬往太清宫后宫娃娃殿，要进行一场"问石寻案"。

太清宫原名老子庙，也就是老子的诞生地曲仁里所在位置。据清代光绪版《鹿邑县志》记载："汉延熹八年（165年）立。"《水经注》中写道："涡水又北，迳老子庙东，庙前有二碑，在南门外，汉桓帝遣中官管霸祠老子命陈相边韶撰文。"乾封元年（666年），高宗追封老子为太上玄元皇帝，建紫极宫。天宝二年（743年）易紫极为太清。武后光宅元年（684年）尊李母为先天太后，扩建李母庙为洞霄宫，俗称后宫，设有娃娃殿。前宫住道士，后宫居道姑，以云牌传示，道规颇严。唐王室奉太清宫为家庙，因此其建筑宏伟壮观、精致华丽、金碧辉煌，庙内香火盛旺、灵气十足。人们每逢初一、十五，前宫祀老子，后宫祀李母，四季保安平。

众衙役来到娃娃殿庭院时，已是正午时分，去太清宫烧香的民众较多，此时那更是人山人海，有烧香的，有祈福的，更多的是看新知县是怎样审断这起命案的。

范知县吩咐衙差各司其职，有的负责在现场维持秩

序，有的负责在街头散播知县现场审案的消息，有的负责随时听候范知县的吩咐。

不一会儿，时辰已到，范知县朗声道："众人皆知，鹿邑大地人杰地灵，在太上老君的保佑下，风调雨顺，五谷丰登，今天老君爷已派神娃娃们顺着石碑找出了作案人员，道出了姓啥名谁。申时将查出结果，先道其姓，后告其名。"说话间，范知县细心地观察着每一位在场百姓的举动。

接着，他安排衙差把邻近村庄的所有姓氏一一写在相同的方纸上，"李、王、陈、马、任、戚……"谁知这个无能的衙吏居然不会写"戚"字，只见他向范老爷嘀咕了几句，范老爷狠狠地瞪了这家伙一眼。随后便把这些写有姓氏的纸片团成小团放进了一个瓦罐之中，等申时一到，将由范知县从瓦罐中取出一个纸团，先道出这桩案犯的姓氏。

众人都静静地等着申时的到来，迫不及待地想知道这贼人姓啥名谁。就在这静静的等待中，突然有人大声说：

"不要等了，再等也是无用，这罐中根本就没有。"只见此人正是陈庄无赖戚成林，平时游手好闲，不务正业，偷鸡摸狗。尽管他年幼时读过几年书，但肚子里装的满是坏水。

师爷见状上前向范知县耳语了几句。申时刚到，但见范知县大吼一声："时辰已到，案情已明，把这贼人给我拿下！"说着，他用手指着戚成林，吩咐衙差们将他押回衙门。

回到县衙，经过一番审问，案情很快告破。原来戚成林早已盯上了王翠花，每天都在打着这个寡妇的坏主意。可谁知半路杀出了王翠花的姐夫，眼看着王翠花家的财产马上要合并到刘二民家，戚成林心里越发难受起来。一天，他看到王翠花将自家的老黄牛牵到集市上变卖，贼心顿起，天一黑他便隐藏在王翠花家院子内，伺机偷取王翠花卖牛的银两。

戚成林在院内一直等到三更时分，看到王翠花自屋里出来如厕，就悄悄地尾随在王翠花身后，猛然用胳膊箍住王翠花的脖子。没想到戚成林由于求财心切，下手过重，再加上王翠花受到突然惊吓，竟然一命呜呼了。

之后，戚成林盗走她的钱财，并将尸体背到村北投入涡河之中。他看到王翠花尸体不能沉入河底，又害怕以后被人发现，于是悄悄去娃娃殿将那方破断的石碑搬到了涡河边，用它将王翠花的尸首绑上，再沉到了河底。

戚成林自认为此事做得天衣无缝，这两月来他一直心里美滋滋的。今天听到范知县在娃娃殿审石碑问案，他越发兴奋，哪能有不去看看热闹的道理。

当他看到那个无能的衙差连他的姓氏"戚"都写不出来，瓦罐中根本没有放入他的姓氏时，那高兴劲儿实在难以按捺，没等申时到来就忍不住说了那么一句。可是他万万没料到，他的这一举动被细心的范知县捕捉到。

贼人心虚，经不起考验，所以回到县衙戚成林就招认了全部罪行，王翠花被害案就顺利告破了。

不几日，范知县全城公告此案，将罪犯戚成林绳之以法。很快，神断范老爷的事迹就传遍了鹿邑城。原先冤判的、不敢告官的群众都前往县衙，一时间衙差们忙得不可开交。

（朱永波／整理）

# 整理衙制

范知县上任十多天，将所有卷宗整理完备，已经累得疲惫不堪，所带银两也即将花光。由于上任昏庸知县黄庭芝把所有地丁早已扫空，他深深感到以后打理衙门事务的经济压力巨大，感慨自己的理想和现实相差得太大。但每当他站在书案前看到父亲的遗训时，又会重新焕发精神。

审完断碑案后的一个月时间里，他马不停蹄重审冤假错案，鹿邑县的百姓对县衙的评价发生了巨大的变化。他们看到了鹿邑的青天和光明，重新燃起了生活的热情。

但是，每当范知县看到这帮散漫的衙差都忍不住叹气，深知他们更需要整顿、学习、提高基本素养。瞧瞧这寒酸的衙门，有很多器物还需要银两去置办；摸摸自身衣兜里的银两，却已所剩无几。

鹿邑还有一个坏习俗，县城每换一个知县，后续所有衙门的开支银两都要由新任县官捐廉产生。这一习俗大概起于道光二十四年（1844年），由于鸦片战争的消耗和战后赔款协议的履行，清政府经济处在即将崩溃的边缘，无法承担地方县衙开支。地方官员为完成严酷的捐税任务，在基层官员任用上不得不打破常规，"捐廉"便成为一种应对措施。在盛有粮仓之誉的中原大地多用此法，特别是在土质肥沃、风调雨顺的鹿邑县则更为常见。所以当时知县的产生就有三种渠道——一是出身于科甲，由进士、举人、贡生等经吏部铨选而成；二是由吏员之中有才能、成绩卓著者经阁部推荐出来；三是用金钱或粱谷买来，也称为"捐纳"。

由"捐纳"所产生的县官，在上任时还要自己捐资运作衙内事务，因此他随后便会对百姓横征暴敛；如果遇到前两种途径产生的知县就要捐廉了。这一习俗造成的影响在上任昏庸知县黄庭芝身上体现最深，对那个抠门的知县来说，有一段时间他真是度日如年，所以在他离任时恨不得把鹿邑县掘地三尺，把衙门扫得一丁不留。

但这个陋俗对从千里之外来的新任知县范钟来说，那真是始料不及，他心里压根也没有这个概念。但满腹的爱民之心和满腔的报国之志哪能被这点凉水所浇灭，于是范知县吩咐钱粮师爷把他的一些随行物品先典当一些，以解燃眉之急。

钱粮师爷揣着范知县典当的物品，心里乐得开了花。当时鹿邑县开设有两家钱庄和七个当铺；其中一个当铺与一个钱庄是一个东家，老板姓何，是山西人，正是这位钱粮师爷的小舅子。

把范知县的物品当在何家，钱粮师爷心中有数，这一点也无需再考虑。他想的是怎样从这些物品中揩点油水。这家伙在这十多天来一直都是心痒手痒的，但他囊中羞涩，就连平日的小酒也断了好几天了，这个难得的机会如果放过了，岂不枉做了一回钱粮师爷？

从当铺出来，钱粮师爷匆匆赶回县衙，向范知县汇报了典当情况。范知县草草地听了汇报，沉默了片刻，一言未发。这时候钱粮师爷心里有点发毛了，先前那种得意劲儿渐渐消失了。

范知县最后微微地点了点头，钱粮师爷这才慢慢地退出去，他很纳闷——范知县这个外地人，心思实在让人难以捉摸。

第二天，范知县早早地起床，整理完毕来到衙门。他喊来主簿官，从主簿官处了解了鹿邑县钱庄和典当行的情况，并让主簿官查验一下昨日师爷典当的物品情况，随后命主簿官拿着当票悄悄将昨日典当物品取出，又典当到了另一家。

下午，他向范知县汇报了结果，一经核对，范知县和主簿官大吃一惊——同样的物品，典当银两居然相差四千文。于是范知县唤来钱粮师爷，经过一番详细盘查，钱粮师爷不得不从实招来。

范知县怒目一瞪道："大胆师爷，居然以公谋私，重打一十大板，罚金四千！"钱粮师爷听了急忙跪地求饶，但范知县岂能轻易饶了他。

不几日，范知县将所罚银两置办成衙服，使全班衙役形貌焕然一新，并向差役们宣布，今后如有损公、枉公者，将三倍加罚，这就是县衙的第一条衙规"损公罚三"。

经过对衙差们的约束和整顿，整个县衙门和以前相比，真是如同换了个天地。

（朱永波／整理）

# 整修城池

元朝至元二年（1265年），鹿邑、卫真两县合并为鹿邑县，为防御金势力的残余扰官殃民，城以土筑，周开壕沟。据清光绪《鹿邑县志》记载："明洪武二年（1369年），知县韩献重修，以土筑周九里十三步，高二丈，广一丈三尺。为门四。"五百多年前鹿邑这座小城已经成为南北长三里、西宽约二里的小县城，四周土墙高筑，墙外有宽一丈的护城河，四方各筑一城门，内外由一吊桥相连通。

在盛世的岁月里，城池是百姓日常生活安康的保护神；在战争的年代，城池则是军事战略防御的一块强硬盾牌。在中原大地到处都是黄土，所以土筑城墙是一种普遍的现象；再说，就地挖土筑墙，城池相依，不仅增加了防御效果，更便于城墙的修护。

范钟到任鹿邑时，城墙已历经500年沧桑岁月，加之土筑城墙本就容易被损坏，因此看上去满目疮痍、残缺不全，已经失去了它的作用。而当时社会时有骚乱发生，无论城乡，偷盗猖獗，社会一片动荡，大量无田无产的流民普遍存在于城乡之间。

到光绪三十三年（1907年）丁未，鹿邑县更是一片荒凉，昏庸知县黄庭芝早已把鹿邑人民搜刮得一干二净。时年九月，范钟知县来鹿邑赴任，正是深秋之时，满城蒿草丛生，落叶四散，范知县不禁哀叹道："道德真源美名传，而今已是满目寒。欲寻老子升仙处，唯有蒿草伴仙台。"不难想象，当时的鹿邑县城已是多么的颓败。

范知县到任不久就变卖了所带家当，又从钱粮师爷手中罚没了四千，用这些银两置办了一些必需的衙门办公用品，又置备了锦衣、裤靴、布腰带和手棍等，使衙门上下焕然一新。

此后，范知县与文武衙差们开始分班查夜，预防和整治不良现象。

一日，衙差丁二五人轮值，他们的任务是夜巡县城。巡至三更，全城已是灯息人静。时至深秋，风起天寒，衙差们从前也没有感受过夜间巡防的滋味，他们心里都有一种说不出的难受。五人商定当晚一定要喝点小酒消乏解闷。

鹿邑县自古就盛产好酒，远在殷商时期已有作坊，春秋时期孔子由鲁国来苦县向老子问礼，酒醉鹿邑，还留下了"惟酒无量不及乱"的名言。唐朝奉老子为祖，各代帝王均以鹿邑酒向老子致祭，也有"皇封祭酒"之称。清代鹿邑已有十八家酒坊，酒文化盛行；尽管当时社会萧条，但酒业还是很昌盛的，因为除了烟土和私盐之外，应该数酒水的利润最高了。

五人巡逻结束，回到衙门交接完毕，一起来到衙南一里的城南客馆。他们叫开店门，吩咐掌柜做几个小菜，再取一坛烧酒，五人你来我往地喝了起来。不知不觉，五人酒已喝至八成，夜已四更，酒醉人困，衙差们不得不来个天女散花——各回各家。

　　单说衙差丁二，他家住鹿邑城东城角，距县衙四里。四两小酒下肚，头重脚轻，他一路小跑向城角奔去。城东是人烟稀少、蒿草丛生之地，唯有高五丈余的老君升仙台矗立在那里，与残缺的城墙相称甚是凄凉。他时不时地发出"杀，杀……我杀死你"的喊声，其实他此时是在为自己壮胆——即使这样，他走路时眼睛也不敢大睁，生怕看到鬼怪。就在他跑得正得意时，只听到从城墙处传来"扑通"一声，丁二惊恐地用眼瞟了一下，好似看到有两个黑影一窜又消失了。他顿时脑中一片空白，不由自主地加快了步伐——尽管两腿在颤抖。他飞速跑回家中，一头扎进被窝里，好不容易压制住内心的惊恐，才慢慢进入了梦乡。

　　第二天中午，衙差们聚在一起吃饭，谈论起昨晚夜巡之事。丁二说起回家路上发生的那离奇古怪的情景，并推断是野猪。衙差们都说，野猪是爷爷辈的人讲故事时才提到过的东西，谁都没有亲眼见过，你一言我一语，弄得衙差丁二无言以对。然而丁二昨晚可是亲身经历，况且他还瞟了一眼的，那一声响还把他吓出了一身冷汗，这对他来说印象最深。为了证实真伪，他们约定，下午在城区巡查时，先到城墙那儿查看一下还有没有蛛丝马迹。饭后，他们向城东城墙走去，在丁二的带领下，穿过蒿草丛，来到了那片残缺的城墙处。

那里除了有几个脚印外，他们什么也没有发现：别说野猪的蹄印了，就连狗蹄印也找不到。丁二哪能善罢甘休，明明听到了响声，一定会留点蛛丝马迹的，他沿着城墙继续向南找，大约走了三丈多，发现护城河里有个深暗的东西，他大喊："在这儿，一定是掉在这里了，看，这河边还有一块滑落的鲜土呢！"衙差们急忙跑过去看个究竟。有人从墙角处拔掉一棵小泡桐树，用树枝将这个黑乎乎的东西慢慢地拨到岸边。当他们快把这个暗物拨到岸边时，丁二吓得瘫坐在了地上——原来这是一个身长五尺的无头尸，其中一个衙差火速跑回衙门禀报，另外两个把瘫坐在池边的丁二抬到一边。

一会儿，范知县率领一队人马来到了现场，他先命衙差们把尸体打捞到岸上，再上前端详审验。范知县不仅文才出众，断案也是内行，他做事仔细而且逻辑推理能力强，经过前几个案子的神断，鹿邑人民对他佩服得五体投地。听说有新命案发生，大家都纷纷跑来围观。

范知县来到尸体旁仔细查看。尸体长五尺不到，上身穿深蓝色粗布夹袄，下身着灰色家织布裤，赤脚，脖颈处留有快刀切过的痕迹，头已被移除，身上没有其他明显伤痕。此间，范知县一直沉默着，围观的群众大概已有二百多人，没有一个人能认出这个尸体，群众一言不发围观在那里，好似都在期盼着范知县开口。

范知县喊来衙差，把发现尸首的过程做了详细的了解，但听完后一时也并无破案的头绪。范知县正准备吩咐衙差打道回衙，突然城角处传来一民妇的喊冤哭声，群众向北远远望去，只见王二妞痛哭流涕高喊冤枉："青天大老爷我家大利冤枉呀！"城角的群众没有不认识王二妞的，她身材苗条、肤如凝脂，长相秀丽，城角人都称她是"赛西施"。她丈夫张大利在顺泰钱庄做工——顺泰钱庄是亳州万顺钱庄分号，兼营棉纱和火柴生意。每天四更时，张大利都要从鹿邑出发到亳州，将棉纱和火柴运回鹿邑。张大利为人勤快老实，亳州万顺钱庄老板最喜欢他，每天店面一开张，张大利已到门口，老板总会说"今天开张大利"这句话，所以一直雇用他。

王二妞哭诉着来到现场，看到瘫坐在地上的衙差丁二，一口咬定是丁二杀害了张大利：因为丁二也住在城角，和王二妞是近邻。范知县向王二妞盘问一番之后，吩咐衙差先把尸体抬到衙门审验，将衙差丁二押回衙门盘问。随后又到王二妞家中查看了一番，在她家中没有发现任何明显的作案痕迹，但范知县发现张大利的鞋和袜还在床下。

范知县安抚王二妞："天色已晚，等到明天再破此案。"回到衙门，衙差丁二基本恢复正常，先前的兴奋劲儿已经不在。范知县向丁二仔细盘问事情的经过及王二妞家中的情况。范知县断定，案发现场一定在张大利家中，因为他的鞋袜仍在床下，但衙门没有发现任何作案证据，况且张大利的人头还不知在何处，暂不能断定作案过程和凶手。

第二天，王二妞哭啼着来到衙门，见到范知县就诉说疾苦，生活拮据："没有张大利挣钱糊口，将来的日子怎么过啊？"范知县劝说道："衙门正在审理案犯丁二，等找到人头，确认现场结案之后，你便可以改嫁他人。你暂且回家等候消息。"范知县安排衙差四处打听了解消息，全城寻找案件线索。转眼三天过去了，案情还是没有任何进展。

第四天一大早，王二妞和顺泰钱庄的陈老板来到衙门，送来了张大利的人头。范知县随即吩咐衙差将他两人拿下，隔离开来严加审问。

原来王二妞和陈老板相好多年。三个月前，陈老板的老婆因染上伤寒病故。尽管陈老板年已四十有余，但家境富裕，为他提亲的媒婆还是很多的，王二妞哪容陈老板再娶别人！她三十不到，容貌也是万里挑一。于是他们密谋将张大利杀死埋藏起来，对外就说他外出经营生意一去不归，这样两人就可以顺理成章过上幸福生活了。

他们万万没想到，在杀张大利时，因他极力反抗，导致陈老板失手将张大利的人头割掉了；在惊恐慌乱之时，他们也忘了将张大利的鞋袜给他穿上。两人计划将尸体埋到人迹罕至的城南城墙外。在即将到达南城墙时，突然听到衙差丁二的喊"杀"声，王二妞听出是衙差丁二傻的声音，吓得两腿发软。于是两人将尸体向护城河里一扔，便向家中鼠窜而去。见到家中张大利的头还在，他俩吓得浑身发抖，赶忙将张大利的人头装进一条布袋里，埋到城角的城墙外。最后又将家中现场清理干净。

第二天下午，一听到城南发现尸体，王二妞就出门哭着为丈夫喊冤，看到瘫坐在地上的丁二，真是天赐良机，她一口咬定案犯就是丁衙差。

他们两人认为栽赃已成，没承想，时隔三日案情仍没有进展——范知县不见人头不结案。两人按捺不住，决定取回人头送到衙门。

范知县了解丁衙差的胆量，平时他连杀鸡都不敢，何况杀人。他把案情仔细地推理一番，特别是人头的突然出现，这不正是"此处无银三百两"吗？案犯就在眼前。

城墙无头尸案告破，范知县愈发威名大震，城里乡下无人不说无人不赞。范知县把上任两个月来所处理的事务一一思考，再加上在鹿邑看到的一幕幕情景，他认为县城之所以盗案猖獗，一是由于人民生活窘迫，二是人口流动频繁。鹿邑县东邻安徽亳州，两地交流无序。看到初冬的人们在家无所事事，瞧瞧残缺的城墙多年失修，已经失去城墙的作用，范知县决定"治邑先治城"。

于是他组织鹿邑城里的所有居民，按人数把鹿邑旧城墙分段划分，分包到户，进行复修，还用罚没顺泰钱庄的银两购置了一些工具和原料。县城里的人民经过两个多月的艰辛劳动，终于使得鹿邑城墙恢复了原貌，控制了城里城外人员的无序流动。

这一年冬季，鹿邑县城没有发生一件失盗案件，鹿邑县人民终于过了一个安康、祥和的新年。

次年初春，范知县又用自己的俸银购置了六百棵柳树，把它栽植在鹿邑城墙护城河的四周。自此，鹿邑县城呈现出了城池相依、绿柳成荫的美景，人们都喜欢在柳荫下纳凉、谈笑。直到二十世纪三四十年代，鹿邑县四周的城堤仍然是岸柳成行。

（朱永波 / 整理）

# 改良棉种

在清末年间，鹿邑一带富者田连阡陌，贫者衣衫褴褛。当地农作物以小麦、高粱、大豆、红薯、谷子、棉花、芝麻为主，由于生产力低下，粮食亩产始终徘徊在一百斤左右。

当时全国上下一片萧条，鹿邑也不例外。范钟到鹿邑任知县，安置好衙门事务，随即深入乡下考察民情，率领衙差先向城东南十里栾台走去。栾台也称栾王寺、栾相寺，是商代栾相王封地。栾相王在位期间，由于灾害频至使得民不聊生，饿殍遍野；栾相王开仓放粮救济民众，却被奸臣诬陷为收买民心，图谋不轨，于当年四月八日被杀害。事后鹿邑民众为感念栾王救济之恩，修建了栾台寺。栾台一带素有"鹿邑粮仓"之称，土质肥沃，浇灌便利，主产小麦、玉米和棉花。

范知县一行直达栾台，只见有一处呈方形的高台，高台四面各宽约百丈，东、北两面为陡峭的断崖，西、南两面为斜坡状，台阶由黑土构成。栾台四周矗立着一道高高的古墙，有前后两座大殿和阁楼，院内还有许多柏树，郁郁葱葱。

栾台外是刚收过的玉米田，还有零星几处正在采摘的棉田。范知县一行步入栾台，向正殿神像叩拜完毕，来到碑林，他阅碑吟诗，以教示衙差。

此时正是深秋时节，范知县一行走下栾台，眼前映入一片肃杀荒凉的景象。秋叶飘落，杂草枯萎，大地的广阔更加使人感到凄寒。伴着扶犁老把式"喔，喔"的吆喝声，田地里还有几个低头采摘棉花的妇女们正在不停地忙活着。范知县的到来使他们震惊，久盼的青天大老爷就在眼前，他们都停下了手中的活计。范知县向老把式走过去问道："老乡，今年收成怎样？"

"今年收成比去年好一点。"老把式高兴地回答道。

"这些棉花地里怎么还种着几株黄豆呢？"范知县又问道。

"这是天太旱，还有虫害，棉花种子没有发芽，最后又点种了些豆子。"老把式很有经验地答道。

"这棉花怎么没有摘头？"范知县又疑惑地问道。

老把式听到这样的疑问非常惊奇，这下相信了鹿邑这位外地知县是真不懂庄稼活儿的传闻。老子故里的人们个个都很热情，特别是憨厚老实的老农民。于是老把式又向范知县介绍了一番种棉花的过程。

"我们这儿种棉花都是初春翻土，五月整垄开沟，点播一两粒棉种；等苗长成了，再在苗稀处补植黄豆。棉苗好不容易发了芽，出了苗，那可是宝贝，两棵苗长在一起的，也不舍得拔掉，俗话说多一个苗就多一份收获呀，还敢有摘头的做法？"老把式自豪地介绍着。

范知县听后心里犯疑，又问道："那鹿邑本地的棉花亩产有多少斤？"

"大概一百来斤吧。"老把式答道。

"据说摘头之后，棉花可以达到一百七十斤呀。"范知县接着又说道。

这下老把式彻底蒙了，摘头还高产？打死他也不会相信，他满脸疑惑地发着愣。有关高产棉花种植的知识范钟知县早有所闻，1892 年湖广总督张之洞曾引进美国棉种 34 担，在河北已做了试种，并随同译印了《美棉种法十条》，从深耕、施肥、播种时节及预防虫害直到采收技术等都有详细说明。这一系列种植要领，通过"剪去无头，使旁枝繁茂"的方法，可使棉花产量达到一百七十斤左右。

张总督是范知县的恩师，所以关于棉花的种植，范知县还是早有了解的；但此时范知县心里也没有底，毕竟他没有亲自种过棉花。老把式自出生以来从没听说过棉花产量能达到一百七十斤，每亩能收获一百斤就是奢望了。老把式顿时兴奋起来："大人你能种出亩产一百五十斤的棉花，明年我这个小牛犊送给你杀了吃。"他很自信地说。

这下场面活跃了，人们都兴奋地看着范知县。"明年我种不出亩产一百五十斤的棉花，我送你一头耕牛。"范知县毫不示弱地说。

大伙儿听到这儿来劲了，争相做证人，就这样范知县和老把式打下了这个赌。

范知县回到县衙后，认真地思考怎样才能获胜。他之所以想获胜，一是要为鹿邑县农民种棉树立一个榜样，二是要验证一下自己所知的棉花新式种植法的真伪。

他随即向张之洞总督写信求教，详细说明了鹿邑的基本情况。次年三月，张大人果然派差役带着一袋棉种来到鹿邑。范知县特意安排自己的家丁、衙差和特派员三人在栾台城东租了十亩田。栾台周围土质肥沃，适宜种棉，也是鹿邑的产棉区；再说和老把式打赌就在这里，来年也最有说服力。于是县衙的人们就在栾台城种起棉花来。

高产棉花种植的消息点燃了周边农民的种棉热情，都积极地仿效起来。一时间，衙差们忙得不可开交，他们在特派员的指导下翻地、育苗、移植、浇水、施肥、治虫。原先都是撒播，导致棉田出苗大小不一，残缺不齐；而先育苗再定植的方法使棉苗长得既壮又齐，这种技术人们很认可。但移植时人们就不干了，原先棉苗每亩大概7000株，美棉每亩只需1000株。农民本身就视苗如宝，差别这么大，产量谁敢保证？再说他们的地大多是从地主那儿租来的，这一季的风险没有一个人敢承担。特派员再三劝说，最终他们还是每亩种植了大约4000株。

这下老把式乐了，每到一处都说他这次打赌胜券在握，衙门不是种棉的那块料。衙差们也有点泄气，这让范知县心里越来越没有底了，只有特派员始终坚持着自己的观点。

两个月熬过去了，事情有了点转变——县衙棉田里的棉株生长得特别快。在大约超出本地棉两倍高时，特派员安排衙差对棉花进行了剪头留旁枝的操作。这时农民们又纷纷议论了起来，哪见过这样种庄稼的？这不等于自毁长城吗！

老把式又来了劲儿，栾台城附近几个乡村又热闹了。直到快收获时，范知县心里才有了底：只见县衙的棉花每株大约结了七八十个棉桃，并且棉桃个个都大如鸡蛋。

但周边的农民们由于没有按照要求移栽，栽植株距太密，棉桃长得不太饱满。

夏末，棉花丰获了，家丁将第一袋棉花采摘下来，在栾台上晾晒，晚上把它收好安放在前殿内，这夜，他们三人美美睡了一觉。

第二天早上天还没亮家丁就起床了，他来到前庭一看顿时吓傻了——昨晚的那袋棉花不见了。本地棉花早就有收获了，而他们种的棉花刚收获一袋就被盗了，家丁这下急坏了，他急忙回衙门向范知县禀报。

范知县得知此事后，做了一番安排，让家丁回去不要声张，和原先一样把收到的棉花放到原来的位置，如果再被盗走，便可以把小偷抓获。

说也奇怪，他们第二天采收的两袋棉花又不见了，衙差急忙又跑回衙门禀报。范知县听后一脸若无其事的样子说："你先回去干活儿吧，我马上把这个贼人抓回衙门。"随后范知县派一精明衙差穿便装去栾台附近乡村高价收购棉花。果然，傍晚时分，这名衙差将小偷押回了衙门。

原来，范知县安排家丁在收获的棉花中撒入了少量揉碎的干柳叶。第二天，便装衙差以高价收购棉花，农民们争着去卖棉，衙差便仔细检查被卖的棉花中有没有碎柳叶。小偷呢，因害怕偷到的棉花被官府发现，一听到有高价收棉花的，便急忙拿去变卖，这下正中范知县的计谋，于是就这样顺利地把小偷抓获了。

从此以后附近乡村再也没有出现偷盗事件，人们都说，范知县是神断，不出衙门就可以把小偷抓到，谁还敢有偷盗的想法？

这一年是丰收年，衙门试验的十亩棉花收获了一千六百余斤，老把式彻底服了，周围的棉农们因为没有听从特派员的指导方法，没有达到预想的产量而苦恼后悔。这种新棉种不仅产量高，而且棉花质量也高，1908年清政府在上谕中就明确指出这个新品种"花种精良，茎叶高大，花实肥硕，所出之绒细韧而长，织成之布，滑泽柔软，胜于内地所产数倍"。

一天，老把式把他的耕牛牵到了衙门。范知县哪能真的接受他的耕牛，耕牛可是农民生活的依靠呀。于是范知县安排老把式把所有棉种分发给农民，并倡导大家来年全部按新法种棉。

一提到新法种棉，老把式那是记得一清二楚，他每天都在观察衙差们的一举一动，虽然没有实践，但也能称得上是"老把式"了。第二年，鹿邑的棉花取得了巨大的丰收，直到现在，鹿邑还是豫东棉花的主产区。

（朱永波／整理）

# 发展蚕桑

我国是世界上养蚕、缫丝最早的国家，有"丝绸之国"的美誉，养蚕自古以来就是我国的重要产业。远在夏商时期，鹿邑境内已经开始植桑养蚕，嗣后延绵相继、逐步发展，清末已负盛名，生丝远销日本、韩国、南洋及西欧诸国。那时，各村落皆有桑园，荒坡宅院无不栽桑，农村十之八九都从事养蚕业。

范知县心里考虑的不仅仅是棉花，他还重视鹿邑的蚕桑业发展。鹿邑的蚕茧加工成线，细匀滑润、光亮如金，品质在邻县之上，"可坐待上价"。光绪三十三年鹿邑雨水较大，这一年鹿邑并没有丰收，只是九成收；但相比周边县城还是可喜可贺，因为涡河和惠济河两大河流贯穿鹿邑境内，天然排涝条件都优越于其它县城。鹿邑的蚕桑业主要分布在县城以北两河之间，两河沿岸湖桑遍布。河边植桑不仅防沙固土，而且水肥树壮，养出的蚕质量优良。据说那时河边周围景象是"乡间隙地无不栽桑，尺寸之地必树之以桑"。

鹿邑所产不仅蚕丝上乘，织绢也独具一格、品质优良。据史料记载，鹿邑观堂集杜三奇始创黄绢，不染自成。在小麦成熟之前，成蚕将蚕茧结在麦秆之上。待麦子成熟后，蚕茧被麦秆的颜色自然渗透使其呈现黄色，这种蚕纱织成绢后色黄而明亮，冻之即为缯。

蚕茧加工主要在鹿邑县城西和两河之间的高口两地，加工工艺比较落后。庚子（1900年）之后，面对内忧外患的严峻形势，清政府力图振兴自强，实施变法推行新政。范知县来到鹿邑，看到棉花的种植技术还比较传统守旧，他决定在鹿邑以"振兴实业，广开利源"为宗旨，展开对农业经济的改革。

某日上午，范知县决定率领衙差们一行北去视察蚕桑。按清朝规定，衙役要从"纳粮二石至三石之良民中选拔"。能缴得起这么多税粮的，在当时必是小康之民。这些人要充当衙役，也需递交"自愿投充"的申请，由知县批示"准充"后，方能录用。一旦成为正役，一般都要充任终身。因为当了衙役，不仅可以免除其他徭役，还可以获得很多实惠。涡河和惠济河贯穿鹿邑县城北部，农业排灌便利，收成较好，再者那里的人们种植的经济作物较多，有湖桑、烟叶、棉花等，因此鹿邑城北的人民生活比较富裕，所以县衙内鹿邑城北的衙役较多。

一听说范知县要北去视察农业，衙差们谁都不愿错过机会，他们争着同去，顺便回乡看望家人。这支衙队大概二十多人，浩浩荡荡自衙门出发，出仰极门向北行进，不多时来到了涡河南岸。

涡河是鹿邑的母亲河，宽十丈有余，河上有座木桥，当地人称之为"傅桥"，具体修建年份已不详，清嘉庆二年

（1797年）和道光二十三年（1843年）做过两次重修。这座木制的傅桥由于经年的风吹日晒和水冲，腐朽较严重，桥宽仅五尺左右，且年久失修，边沿已经损坏，因此通过此桥必须小心，以防坠河。但它是连接鹿邑南北的唯一通道，平时经过的行人还是非常之多。

衙差们个个容光焕发——能同新任知县回乡是件光宗耀祖的事，他们连走路都是你追我赶的。来到傅桥跟前，锣鼓队一字排开，头前开道，三班衙役护拥着范知县的小轿开始过桥。

突然，走在衙轿后面的丁二来了个"三级跳"，想抢先跳上岸，就在他踏第二步时，桥木一端突然被踩起，丁二一个趔趄，坠下小桥。危急之际，他一把抓住了轿杆，悬在空中。衙役们都急忙保护衙轿。"快放手！"衙丞大喊一声，扑通一声，丁二掉进了河。

衙差们急忙把范知县抬到岸边，余下的忙着营救落水的丁二。时至秋末，涡河之水已有寒意，衙差们扔下一条大绳，丁二哆嗦着抓住绳子一端，衙差们不约而同地使劲向岸边拉。"哎哟，慢点啦！我的脚被卡住了！"丁二痛苦地高喊。衙差们哪里还顾及得到，他们使足力气一下子把丁二拉到了涡河的北岸。

丁二全身湿透，狼狈不堪，右脚上套着一个小口坛子，在他落水的时候，右脚刚好插入坛口，卡在里面。有人急忙去拔坛子，可是怎么也拔不掉。衙丞说："快把它砸烂！"一个衙差操起一根木棍就把坛子打破了。坛破之后，令所有衙役都惊呆了，坛子里竟然装着几块银元宝。

他们将元宝呈给范知县，银元宝上印有"天国"字样，每块十两，共有九块，范知县据此推断，很可能是太平天国时期太平军之物。

衙丞左思右想，今天来到涡河边，头顶乌鸦不停鸣叫，似是预示不吉；衙差丁二又落了水，也有出师不利的征兆。不过，衙门能获得这么一大笔意外收获，可谓是丰厚，此时打道回衙才是上策。于是衙丞向范知县建议回衙，但范知县不信这些，既然行程已经安排，哪有打退堂鼓之说。

他们一路北行，路经高口、孙营、桑园。每到一处锣鼓喧天，气势非凡，所经之处，人们都放下农活儿，走出家门，争相观看——范知县的名声在鹿邑早已传开，谁不想亲眼见见这个神断知县？

他们在高口主要查看了缫丝的情况，一行又来到孙营的田间了解了湖桑的种植状况。在惠济河的两岸，湖桑随处可见、规模宏大，特别是在千年银杏树的映衬下，深秋之际仍有一种生机盎然的田园诗趣。

千年银杏树相传为汉武帝刘秀所植，长在惠济河南岸，树根延伸至河的中心，枝叶繁茂，树高百丈，树身粗壮，五个成年人手扯手方能合抱，所见之人必被震撼，都争相在树下纳凉。

这天，衙差们自然也纷纷来到树下歇息，衙丞还向范知县介绍了关于这棵银杏树的传说。

这棵银杏树是鹿邑县人民心目中的"祖宗树"，人到此树必叩拜，族长们每到一定时节都会来拜树。据记载，鹿邑居民大都是从山西洪洞大槐树迁徙而来的，见到这棵银杏树，如见到山西老家的大槐树，所以思乡拜树的人一直很多，树下整年热闹非凡。衙差们一行休息了一阵后便列队回衙。第二天，范钟下令将所获银元宝捐给了"同善会"。

不曾想第二天中午，城北流言四起。原来自昨天官差们去过之后，第二天，村民们发现家中的种蚕莫名其妙地死去一成之多，这直接影响到明年养蚕的规模，蚕农们一时找不到原因，都心急如焚。有的说衙门拜树不够心诚，遭到了桑神的惩罚；有的说衙门带来了瘟毒，先死蚕，后死人……总之乱七八糟，说什么的都有。这下急坏了范知县和衙丞，难道昨日出城之事真是不祥之兆？这可如何是好，大家都在想主意。

范知县火速派人到闽浙一带养蚕大户那里求经取宝，彻查原因。衙丞则安排衙差在鹿邑各大庙宇里烧香许愿，求神庇佑，还特地在银杏树下设了一桌供品，用以答谢神灵，安抚民众。

一般来讲，损害蚕虫的主要是鼠害，为防止老鼠偷食蚕虫，蚕农们往往都是将盛有蚕虫的竹筐吊起来，这样既防鼠又卫生。但蚕的幼虫还很怕惊吓，秋天气温骤降，又加上衙差进村时敲锣打鼓的，动静不小，因此导致了种蚕的死亡。当时蚕农哪里知道是这种原因，所以关于衙差一行的流言四起。

这一年蚕种收成特别少，而桑园的数量并没有减少，直接影响到了农民下一年的收入。加之清政府对外赔款越来越多，赋税征收越来越困难。范知县派家丁火速回通州老家购买蚕种分发给蚕农，以弥补突如其来的损失。

次年春，范知县从杭州购进湖桑万株，分给农民栽植。从此之后鹿邑的蚕业越来越兴旺，外蚕和本地蚕杂交后幼蚕也更加健壮，并且抗病能力增强。加之，两河岸边的湖桑生长的桑叶嫩壮肥厚，缫出的蚕丝更加华润而坚实。

据说在抗战时期，日本人发现鹿邑的丝织品看着柔顺、精致、高贵典雅，摸着柔软、阴凉、滑腻，便想窃取鹿邑的养蚕和缫丝技艺。他们想方设法派人来到鹿邑，收购蚕种，购买蚕丝。聪明的鹿邑人发现了他们险恶的用心，于是将生长在泡桐树上黑色的"布袋虫"收集起来，送给了他们。自此以后，鹿邑的布袋虫神奇般地绝迹了，泡桐树也因此繁茂了起来。

再说，范知县将河中得到的银元宝送到了城西同善会后，同善会又发动各商行捐款，在1909年终于把傅桥翻修成了一座五孔的新拱桥。这座桥在解放战争时期发挥了重要的作用，为刘邓大军千里跃进大别山、陈粟兵团和叶飞将军率领的第一纵队过境和豫东战役的物资运输发挥了重要的作用。

（朱永波／整理）

# 拓展经营

话说有一天范知县患了风寒，鼻涕眼泪一起流，嗓子疼得说话都困难。师爷劝他歇息一日，被范知县横眉瞪眼呵斥了一顿。

范知县整理好衣冠踱着方步来到大堂，就见衙役领着两个四十多岁的男人来到大堂，两人见了知县大人立刻跪下，其中一人举着状子。师爷接了状子，递给了知县。范知县打了个喷嚏，耸了耸鼻子，仔细地审阅起来。

原来，他二人是同村村民，一个叫张进城，头脑灵活，交友广泛；另一个叫王田生，憨厚老实，头脑一根筋。去年王田生在张进城的劝说下，将自家的棉花卖给了"隆盛昌"当铺。隆盛昌当铺始于光绪年间，由山西亢老板在鹿邑独资开办。在鹿邑县城西尚贤街建有楼房一百多间，主要典当棉花、洋油等，经营范围较广，对外放款也多，资金雄厚，在鹿邑县人民心目中信誉度高。王田生在张进城的介绍下以一担棉加送一斗麦的约定把棉花变卖，等到来年按照棉花的价格再付银两。依照前几年棉花价格的走势看，棉花的价格一直是稳步升高的，这样一来，王田生不仅解决了口粮问题，棉花还可以在来年得到一个好的价钱。谁也没料到，今年由于洋布的大量输入，国内传统布业销量发生巨大下滑，棉花价格下降了一成多。加之隆盛昌当铺去年收购棉花较多，直到现在还有大量囤积，所以隆盛昌当铺今年的收购价格极低，甚至一度处于停收状态。王田生今年如果取回棉花银两，那损失可不小。这个差价损失，王田生实在无法接受，于是他一直想向张进城讨个说法，张进城当然不肯赔他损失，一来二去，两人发生几次争执也没有把问题解决。

前天王田生见张进城家中无人，顺手把他家的老母羊牵到了自己家中。晚上张进城在王田生家中找到了羊，王田生拼死不还，于是张王二人来到衙门，张进城告王田生偷羊。

范知县看完状子，心里有些不快，这么小小的纠纷哪能发展到抢羊。他想说话，无奈嗓子生疼，作声不得。于是，他取来纸笔，在纸上写下几个字，看了眼师爷。师爷接过那纸大声念道："首先还羊，爹是爹娘是娘，棉花不能扯到羊身上，明天去当行处理棉和粮。"两人互瞅着，尴尬不已，范知县已经做了答复，只好叩头道谢，两人低头躬身退出衙堂。

第二天，范知县率衙役来到城西尚贤街隆盛昌当铺，亢老板和王田生等人已在门口等候，他们叩拜过县太爷之后来到了当铺大厅。范知县问道："亢老板，如果你去年已经把银两付给王田生，生意今年是赚还是赔？"

"回老爷，那样我的当铺就赔光了。"亢老板低声颤抖着回答。

"按照今年你定的价格生意怎么样？"范知县又问道。

"生意勉强维持。"他吞吞吐吐地说。

范知县又对亢老板做一番劝说："做生意哪有只赚不赔的道理，如今外来商品充斥着我们的市场，各行各业都受到损失，这个损失不能由一个人承担呀，所以你应按今年和去年两个价格折中处理。"亢老板应答着"应该应该"，吩咐伙计通知账房，将去年没有付的棉花款都按折中价位发放下去。王田生领到棉银后，再三叩谢知县。

随后，范知县又参观了隆盛昌当铺的棉布加工作坊，只见作坊内布满了纺车、手摇式轧花机和木质织布机，许多人正在不停地忙活着，织出来的都是窄幅的"土白布"粗纱。范知县认为当行亏损的原因主要是设备落后、产品陈旧，但当行也不敢投资更换先进的机器设备。

范知县随即许诺亢老板，这次棉花差价损失在今年捐税中减除，并向亢老板推荐杭州的棉纺设备，来改良产品质量。最后，范知县又给亢老板当铺题词"金字号隆盛昌"。棉农的损失有了补救，当行的声誉又得到了提高，生意恢复了往日的兴盛。

范知县为隆盛昌当行题词之后，整个鹿邑的各大钱庄当铺和商行都震惊了，争相向衙门求教。首先是"予立钱庄"，主要兼营煤油、棉纱和火柴，与亳州当铺互为一体，生意比较兴旺。他们看中了鹿邑的蚕纱业，又从福建购进缫丝设备，扩大了生产规模。"保泰长"当铺，在南循礼街发展手工加工，编织草编、竹编、条编等生活用品。"韩黄钱庄"在鹿邑西大街发展烟草加工。还有鹿邑传统的酿酒业，也都扩大了生产规模。

衙门又在鹿邑西关设立了改良工艺局，统一管理鹿邑加工生产出的产品，协调各作坊的业务，并设有负责产品督查的人员，责成指导纺织人员提高线带、毛巾和花布等工业产品的质量。

这一系列举措促进了鹿邑传统手工业、家庭副业和小商品生产的发展，鹿邑的商品逐渐远销海外。

（朱永波／整理）

# 改良工艺

鹿邑城西二十里有一村庄叫庙王庄，村里有个憨厚老实的年轻人王德福，过去他家很穷，且幼年丧父，只剩母子俩相依为命。王德福十三岁拜师学习木工手艺，由于头脑灵活，三年学有所成，又经三年的努力拼搏，家里有了些积蓄，在老母亲的张罗下，娶了一个漂亮的媳妇。一年后，老母亲由于操劳过度离开了人世，夫妻二人艰难度日。

光绪二十六年大旱，夏秋庄稼绝收，随后鹿邑闹了饥荒。木匠王德福只好留守在家中，小两口常常因为少吃缺穿吵嘴打骂。王德福一气之下去了山西晋城。

山西煤资源丰富，此时正值中国工业革命萌芽时期，全国煤炭需求量大，所以煤炭资源开发生意火爆。王德福初到晋城，投奔到一家做条编的作坊做工，这家作坊是用竹子或荆条做成竹筐，然后卖到煤窑。在那个时候，煤窑都是用竹筐把挖到的煤背出窑洞，所以做竹筐的生意也很红火。王德福会木工活，也有编织的基础——鹿邑人十有八九都会编制草辫。

相传宋灭南唐时，李煜身旁大将董侍卫战败后逃往家乡鹿邑城南的董庄。其女董月英用麦莛掐成草辫子，再缉成帽子来卖。乡邻们看了觉得好，都纷纷仿制，草辫帽子逐渐流传开来。明代时期，这类产品就已经远销全国各地。

王德福做条编活儿手艺精湛，深受老板器重，就这样他在作坊里一干就是四年。在这期间，他头脑精明又能吃苦，积攒下了八十两银子。

人在外有了钱，就会想起家室。虽然王德福想到和妻子在一起时会经常吵架，但是他们之间已经很长时间没有互通音信了，所以他很想念妻子，想到她在家中忍饥受饿，生活艰辛，心中悲痛，决定把八十两银子带回家，补贴家用。于是王德福带着银子，背着行囊回家了。

他走了三天三夜，精疲力尽，终于走到了离家不远的武平城。那是武平侯曹操当年的封地，当年献帝以丞相军功封曹操为武平侯，食采五县。人们为纪念曹操，在武平城内靠北建了一片庙宇名叫平王庙，共有房100余间，碑刻30多处，多为明清之物。

王德福在平王庙前暂作休息，他边歇边琢磨，离家这么久没跟妻子通过音信，不知妻子是否还想着自己，就把八十两银子和行李藏在了武侯爷神像的后面。

王德福走进自家的院子时已是深夜，他见屋里没有灯光，也没有声音，知道妻子已经睡了，就轻轻叫门。妻子一开门，见多日思念的丈夫突然回来了，别提多高兴了。她先给丈夫倒了碗茶，又到村边的小酒坊里打了点洺流子酒，打酒回来后，给丈夫炒了两个菜，又把酒烫好，才探问丈夫这些年在外边的情况。

王德福没想到妻子对他竟然还是如此的热情，他不由自主地就跟妻子说出了实话："我在晋城干了这四年多，深得老板的信任，又学了些条编的技术，积攒了八十两银子，还为你买了一些东西带了回来。"妻子便问："你把东西和银子放在哪里了？"他说："我不知道你这些年情况如何，没有敢把它带到家里，我把它暂时放在平王庙神像的后面了，你先等着，我这就去拿。"王德福说完起身就要朝门外走，妻子急忙拽住他说："慌这么狠干啥呢！不急不急，这深更半夜谁去平王庙，等你把饭吃完咱们一起去取吧！"于是王德福又吃了两个馒头，这下真是酒足饭饱。因为久违地感受到家庭的温暖，他心里有种说不出的喜悦。随后他俩就去了平王庙，他们来到神像后面一看，王德福顿时傻了眼，他放的行李物品不见了，连同八十两银子也不知了去向，急得直跺脚。

妻子劝他道："你一个人在外也不容易，挣不了钱没啥，能够吃饱，活着回来就很好了。"王德福一听这话突然流泪了，曾经因为生计争吵的妻子，现在是多么的贤惠体贴，同时他也意识到妻子认为他撒了谎，于是他很认真地对妻子说："我说的都是真的，我没有说谎！这银两一定是在我回家的时候被人偷走了。"妻子知道他生性憨厚老实不会说谎话，于是就劝说道："既然已经被盗，明天咱们再去告官，听说咱这儿来了个神断知县，一定能把银两找回来，咱们先回家休息吧！"两人暂时回了家。

王德福心里像长了个疙瘩，说不出的难受。等四更一到，两人便启程赶往县城，天还没有亮就来到了衙门口。

见了范知县，王德福把他在山西干活的情况和回家的过程详细地说了一遍。范知县想，平王庙离村庄较远，且武平城那里地广人稀，又是深夜，不可能被人发现。于是又向他的老婆询问了些情况，妻子说平常和邻居相处都很和睦，丈夫回来时也没有惊动邻居，只是去了村头李老头家买了壶酒。

范知县沉思片刻说："你们暂住城里两天，三天后来衙门，我带你们一起去捉拿小偷。"

再说范知县听过王德福夫妇陈述之后，经过认真的推理，便认定此案线索在酒老板李老头身上，他派两名精明的衙差前往武平城，先在附近四村打锣宣告："有一伙江南大盗到了鹿邑，最近几天百姓们要加强防范，务必把家中贵重物品和银两藏好。"晚上便潜伏在庙王庄，观察李老头及王德福家里的情况。到了第三天，范知县安排衙役们前去武平城捉拿盗贼。

衙门一行人鸣锣开道来到了武平城。百姓们听说今天衙门来这里要捉拿江南大盗，男女老少都想争相看个究竟。范知县率衙差们来到武平城的平王庙，师爷对众人高喊："各位乡亲，王德福从山西带回八十两银子，三天前交于武平王看管，由于平王下乡查夜，银子被贼人偷走。今天平王已经把贼人查出，交于衙门，衙门表示感谢。"

只见范知县向平王像烧香三叩，随后师爷又高喊："平王已经把贼人姓名传达下来。"说完，他剖开香炉中的香灰，从香炉中取出一封信件，师爷接着信件打开念道："庙王酿酒李老头，李下埋银八十两。"两名捕快奔向庙王庄李老头家，一会儿便把李老头捆绑到了平王庙前。

李老头见到范知县便跪地求饶。原来他看到王德福的老婆半夜来买酒便生了疑心，这深更半夜一个女人来买酒，家里一定有急事，况且男人又不在家，莫非有了野汉子？李老头深感好奇，于是等王德福的妻子走后，他便悄悄地尾随去看个究竟。李老头在屋外偷听到了他们夫妻的谈话，得知王德福在山西赚了大钱，并把银两放在了平王庙神像后面，顿起贪心。在听到王德福要去取钱时，他便迅速离开去了平王庙，偷走了王德福的行李和银两。

第二天，听到衙差宣告鹿邑来了江南大盗，他担心银子被人盗走，晚上便把银子埋在他家院子的李子树下，并把王德福的行李扔到了王德福家的院子里。所有这些都被潜伏在院外的衙差们看到，差役回到衙门报告了范知县。范知县就写了一封信，派衙差事先藏到了平王庙的香炉灰中，并与师爷计划好审案的流程，顺利地破了此案。

王德福的银子被追回后，在鹿邑城西购置了八间店铺，开了一家生产竹编、柳编和条编的作坊，产品以生活用品为主，有竹篮子、竹筐、箩筐、箩斗、筷笼子、盒筐等。衙门也在西关设立了工艺局，促进、监察鹿邑手工业产品生产加工，最后又研创了草编产品，有草筐、草墩和木器雕刻等。鹿邑的手工编制产品业至今还十分兴盛，有些产品还成为现代艺术装饰品，并远销东南亚。

（朱永波／整理）

# 梦断钱庄

农历二月十五是老君爷的生日。鹿邑人民将其视作当地的传统节日，举办隆重的庙会，乡里人从四面八方赶到县城，有烧香许愿的，有做买卖的，有游玩看热闹的。集市上卖小吃和手工艺品的，表演戏曲、魔术、杂技的，应有尽有。全城的男女老少都喜欢到庙会上游玩，凑个热闹，范知县也不例外。他和家人一同在集市上游玩了一天，购买了鹿邑的特产、体验了当地习俗，游览集市上热闹的交易场面——这一天可以说是范知县来到鹿邑为官最轻松的一天，他抛开了平时案牍之劳，陪同家人们享受了一种平民式的幸福。

不料，这天夜里范知县忽然发起了高烧，这可吓坏了季夫人。她急忙通知衙差们寻医拿药，可一直忙到天亮，也没能把烧退下去。范知县不得不继续卧床。

两天过去了，寻遍鹿邑的名医，也没能把范知县的高烧退去，可愁坏了季夫人和衙差们。人常常会有这样的事情发生，连日过度劳作，猛然放松下来最容易得病。师爷看到范知县虚弱的身体不禁痛哭流涕，急得他直跺脚，已经过了两天了，万不能眼巴巴地看着范知县就这么倒下，这可如何是好。

就在这时，予立钱庄的张老板带领一位长者进了衙门。予立钱庄和亳县万成钱庄是一个东家，亳县是神医华佗的故里，又是药材之乡，名医群集。张老板听说范知县高烧两天未退，急忙请来亳县名气最大的老中医前来诊治。

老中医为范知县把脉后叹息不止。由于范知县身体极度虚弱，再加上两天来的持续高烧，好转的希望渺茫。老中医开了三服药，又进行了针灸治疗，嘱咐病人家属要做好护理，明天如有好转，是范知县大幸。

这一天，全家人和衙役们真是难熬，都期盼着范知县能转危为安。傍晚时分，范知县微微睁开了眼，他的高热渐消，全署上下都喜出望外。

七日后，范知县略能饮食，又过了半个月，他的身体才得以康复。这些日子里，衙门事务都是由师爷和家人去打理，范知县哪敢再休息，三月初一便起身到了衙堂。

三月是衙门征税的时节，征税可是衙门的头等大事，每年，地方政府要完成税收任务都十分艰难。前任知县黄庭芝交卸时空无一文，在钱庄还有大量的借银，以致钱庄当铺都不敢再借官署。

此时全国银价飞涨，现在已涨到每两四千二百文，较去年一两又多加百文，全年需要买银十万多两，这可如何了得！衙署上房用钱又从何而来？范知县焦急万分，但除自己节省外，也别无他法。

范知县刚刚来到衙堂，还没来得及过问这半个月来的事务，只见予立钱庄张老板急急忙忙地跑了进来："禀报老爷，大事不好了，钱庄出事了。"张老板心急如焚地说着，从兜里取出一张汇票交给范知县。

从这张由予立钱庄兑换的五十两汇票上，范知县没有发现什么问题。"这是一张假汇票。"张老板战战兢兢地说，"二十天前承兑的，昨天在复账时才发现。"

时隔那么久，这案子从何查起？范知县实在犯愁。再说前几天张老板还特意为他从亳州请了个老中医，要说还是救命恩人的，哪有推脱的理由。范知县和张老板合计了一会儿，决定先由衙门暗中调查，以免打草惊蛇。

范知县安排衙丞面向全县发出布告，县衙招收税役，即日报名，捐纳白银三十两即可录用。时过三日，报名者有五六十人。范知县和刑部衙役从报名者中寻根查询，从家庭背景到收入状况一一分析银两的来源，最终锁定城北一人。

此人名叫刘索，前两年在县城以摆摊画符为生，娶了一个叫王琴的祥瑞戏班妓女为妾，这两年他挥霍无度，早已负债累累，他哪儿能拿出三十两纹银来？于是范知县派衙差暗中观察刘索的活动，并告知所有报名者三日内交银上岗就职。

第二天中午时分，刘索提着银两来到衙门，钱粮师爷验过银两便向范知县耳语几句，这时范知县一声大喊："大胆刁民！胆敢以瑕疵银两欺骗本衙，衙役们，把刘索给我拿下！"三衙差立即把刘索捆绑在地。刘索被这突来的情景炸蒙了头脑，慌忙辩说："草民冤枉！这银两是从予立钱庄取出的，草民冤枉！"

予立钱庄的假汇票案终于有了线索，一番审问后，刘索说出了详情。原来春节过后，向刘索讨账的人络绎不绝，又赶上银价飞涨，生意萧条，为解燃眉之急他便想出个歪招。他知道予立银庄和亳州万成钱庄是一个东家，天天有许多资金往来，于是他便在刻字铺刻了一张万成钱庄的汇票，自己又伪造了该庄经理的图章。由于两个钱庄每天汇兑业务很多，在兑换银两时也没有详细的查验，致使这张假票顺利过关。再说刘索得到银两后一直没有发现钱庄有什么异常现象，自认为小活儿做得天衣无缝，也很庆幸。他听到衙门要招美差税役，兴奋不已，没想到着了范知县的道儿。

要说破案和发展经营买卖，范知县还真是无人能比，但对于完成衙门征税的摊派任务，他实在无招可用，况且他面对的情形是钱庄商行处处都有衙门借款，而银价奇高，社会（经济）一片萧条。

范知县招来师爷和衙班要役们，大家共商征税一事，最终商定还是"逐级摊加严加征收"。做任何事都是说着容易做着难，试想，如果按照任务分摊下去，商户不愿缴纳或者他们根本没有银两缴纳要怎么办？再说去年冬丁就没有完成摊派任务，今年若再完不成缴税任务那就有被参官之虞，省署将派人查处的。可是范知县哪考虑这些，他自认为人清廉、刚正不阿，又把鹿邑治理得井然有序，还会害怕上级问罪不成？

因他虚弱的身体还没有完全恢复，眼下这些任务只有交予师爷衙丞督办了，况且衙役们都知道征税之事时间紧、任务重。现在只能暂且从银庄当铺商行中借银缴纳，由衙门出具借条，等征收完成再还款，这也是历年来的做法。于是衙班各司其职，向有经济往来的商家店铺借出银两，但最终还是没能完成缴纳任务，在那银价奇高的年代，要完成白银十万余两的巨税，实在是一件难事。

一天下午，范知县接到通州老家来信，信中说东京留学的侄子范况及范罕正月十五日夜在住处遭遇火灾，范况腿被大火烧伤，至今还在医院治疗。虽然两人没有生命危险，但伤情较重。范知县看了信后心急如焚。范知县没有子嗣，平时对两个侄子如同亲生，回想十五日夜自己正突发伤寒高烧不止，险些丧命。范知县不禁悲痛怒吼："吾家之险，险到至极也！"

自范知县为隆盛昌当铺题金字号招牌之后，当铺生意又红火起来，与衙门之间来往也越加密切。予立钱庄也有当行，相比隆盛昌资金较为雄厚，但在业务上一直比不上隆盛昌当行。自范知县上任后，张老板改变了对官署的看法，一旦衙门有事他都是最先响应。范知县为隆盛昌引荐了棉纺设备正要扩大生产规模，予立钱庄也不落后，千方百计更新生产工艺。几个月后鹿邑的农产品机械化加工初步形成了规模，生产出大量的棉布、蚕纱销往全国。

当时的清政府规定："用银为本，用钱为末。"衙门征收的银钱要统一置换成十足纹银，再铸成大锭，才能解缴省布政使司；余下银两自行封识，以备后用。范知县由于重病初愈，没能及时征收丁税，衙门便借银上缴，随后征收钱粮又被钱庄当行转借，没能留存，这样违背大清律历的主管官员，便有受参之虞。再说两次没能完成省署分派的纳税任务，范知县面临被问责的危机，他为此焦急万分。再说店铺借款已投资生产，一时无法追回，除自己节省外，更无别法。

通州家中得知此事后，也恐慌万状，既怕查抄，更怕参官，不知如何是好。范知县仰天长叹："惟吾一时缴款未及，生出许多波澜，参官之事实于家族大有妨碍。即至万不得已之时，宁可破釜沉舟，绝不可有身后之玷！"

十一月二十日，光绪帝驾崩。慈禧太后懿旨，命以醇亲王载沣之子，三岁的溥仪入承大统，为嗣皇帝。二十二日慈禧太后驾崩。二十五日定建元年号为宣统。即时社会动荡，银价飞涨，货币贬值。衙门在钱庄当行的借据是纹银，而钱庄商行自衙门借据是钱币，时过半年，两者兑换相差悬殊极大，面对这巨大的差额，双方谁都无法承受。冬丁在即，钱庄商行无银可借，地税征钱又能奈何！衙门车马各项怎能运作！范知县国事家事愁上心头，功名利禄与时愈失，既不能报国，又不能顾家，从此终日郁郁寡欢。

（朱永波／整理）

# 悲愤离世

宣统元年春节，鹿邑县城张灯结彩，鞭炮齐鸣，人民喜气洋洋。棉花丰收，蚕业兴旺，百姓欢天喜地；商行当铺生意发财掌柜满面喜悦；老君台人山人海，香火缭绕吉星高照。唯有衙门屋冷庭寒，范知县度日如年：衙门借银和当铺的借款怎样处理，春丁在即，税银又从何来，范知县一筹莫展，郁郁寡欢。这正是"衙门清贫无人知，一日为官三日寒"。

在这悲喜交加之时，衙丞和予立钱庄张老板来到衙门。张老板带了两坛宋河老烧和一些礼品来向范知县拜年贺岁。予立钱庄去年在衙门协助下引进了先进的缫丝设备，鹿邑丝织品很受东洋人的青睐，价格直线上升，在衙门税款的支持下，生产交易规模扩大，去年鹿邑蚕丝也得丰收，为丝布生产提供了原料保障。发了财的张老板特意向范知县致谢，所以备礼厚重。再说，自范况及范罕东京失火病后，张老板在生意方便之时一直托人关照两人的生活，范知县也托他带信至两侄儿，嘱其加紧医治、善加调理。张老板自范知县上任以来生意越发红火，他是一个精明投机之人，这样的小活儿一向做得比较勤快。

季夫人备齐一桌饭菜，衙丞和张老板恰好到衙致谢，两人不便推辞，便和范知县一家人喝起酒来。范知县平时喜爱饮酒，以前在通州都是喝些低度白酒。北方盛产高度酒，喝着上劲快，再说北方天寒，适宜喝高度酒。张老板带来的是陈年宋河老烧，喝着醇香绵甜，越喝越起劲，三人酒已八成，话语越来越多。张老板不由自主地说出他托人在东京私下对两侄儿的银两救助，以示对范知县的感谢。一旁的季夫人听得心里悸动不已，这还了得，有违父亲的"遗训十条"。幸好范知县已经喝多，只是一直絮说春丁和衙门银两之事，没有注意这些言词。

第二天，范知县还没醒酒，季夫人趁机给东洋两侄儿修书一封，嘱咐两侄儿节俭花销，家中银两告急，并约定每月连医药伙食在内不得过百元，若多一钱概不认账。其实两侄儿自病居以来，实无浪费之处，并无有意糟蹋财物现象。

三月三日下午，范知县借着酒兴正在簧学堂吟诗挥笔，突然四五个人押着衙差丁二闯了进来。只见丁二满脸红青，一身狼狈不堪，后面跟着几个民妇大骂不停。原来，丁二中午酒醉，在回家时路经王二妞家门口，看到王二妞家中的女儿张小梅顿生歹意，将不满十二岁的张小梅奸淫了。自打王二妞谋杀丈夫张大利收监后，家中只有一孤苦伶仃的女儿张小梅艰难度日，深得邻里可怜。丁二自被王二妞诬陷之后，一直想伺机报复，但王二妞已被判刑，他无处发泄，又由于酒醉，他看到貌美的张小梅便起了恶念。

范知县听罢邻居的诉说，火冒三丈，一个衙差竟做出这种龌龊之事，定要严惩不贷，当堂宣布先杖四十押入大牢。没想到，第二天张小梅竟投河自尽了。范知县带领衙役查验过后，当场对丁二定罪——择时斩立决。

再说清代律令规定，凡调戏妇女企图诱奸未成年，致使被调戏妇女羞愤自尽的，要判处"绞监候"。这是死罪，按令要在每年的秋审再作决定——杀还是不杀。但张小梅还差几天不到十二岁，属于幼年，再说丁二还是衙差，应从重处罚，故别无选择，必须斩立决。

可那丁二不是平民百姓，他伯父是省署督抚，负责考核县官，管理着县官的升迁或罢免，要不然憨傻的丁二早被衙门解雇了。于是，他家人火速向省署求救。第三天，衙丞带着丁二的家人来到黉学堂，呈上书信一封，信中说张小梅已满十二，侄儿应判绞监候，秋后定夺。信中还附有银票五十两。

范知县心里明白，被害人还差几天不到十二岁，一旦判绞监候，哪里还有死罪的可能？天理不容！且收银五十两，就违背了父亲的"遗训十条"，自己一生的坦坦荡荡，就要毁于此案。范知县此时真是左右为难，难以定夺。

这时传来了消息，清廷命省财政概由布政使或度支使统核，其余一切局、所涉及财政者，限一年后次第裁撤。衙丞感到鹿邑衙署要出大事，急忙去黉学堂禀报范知县，建议以对丁衙差收监候处理、速回复丁督抚为良策。范知县一生耿直，宁破釜沉舟，绝不以身试法，当即决断回信丁督抚。范知县挥笔写下"一日为官一身清，一日执法一身正"，连同五十两银票一同装进信封，派差人送往丁督抚处。

范知县如释重负同时也感到万念俱灭，似有末世之感。

七月二十日，中日订立《东三省交涉五案条款》。日本强筑安奉铁路，激起全国抵制日货的狂潮，亳州万成钱庄破产，鹿邑予立钱庄张老板跑路，鹿邑钱庄商行一片噩耗，鹿邑经济瞬间土崩瓦解。百姓讨账诉状满庭，范知县痛不欲生，病倒床上。不几日，丁督抚前来督查银款一事，范知县无力迎接，终日昏迷，以药度日。八月二十一日，恩师张之洞卒，噩耗传来，范知县极度悲伤，口吐鲜血，不省人事。

范钟先生卒于鹿邑任上，享年五十四岁，鹿邑人民沉痛哀悼。正如顾延卿为先生撰写墓志所言："先生任官三载，银价居奇，饱受财政困扰；政务繁多，家中万事悬心；又体弱多病，心情郁郁，常有末日之感。"

范知县为官期间，鹿邑社会安定，年岁丰登，唯银价至千四百五十文一两，奇极。入款忽减万串有余，而漏卮百出，范知县又能奈何？然年岁已衰，到任两年，尤觉精神、记忆远不如前，颓然老矣！所望者一日息肩，难有家人一日之聚。为政谨遵其父遗训十条，悬之案前，只落得清风两袖，毫无私蓄，然以案落职，客死于鹿，真是"黄金频脱手，百口欲翻窝"。

宣统二年（1910 年）六月，范铠往鹿邑，扶先生灵柩还里。年底，先生葬于通州。

保君少甫（厘东）挽联："私人宁可死，名师不宜官。"

柯逢时挽联："文章好兄弟，已伤株树凋残，梁苑又闻一个弱；风义兼师友，正值蕙兰消歇，楚江弥触九歌衰。"

曹文麟挽联："学成而后，即为传人，先生岂以一官贵；文敝之时，迭丧儒者，大道翻贻百世忧。"

（朱永波／整理）

# 第四辑

# 鹿邑历史革命故事

# 喜雨报警送战友

在第二次国内革命战争时期，鹿邑早期中共地下党员江梦霞和李梅村分别以家庭教师和书社经理的公开身份做掩护，从事党的秘密工作。在党内，李梅村任鹿邑党支部书记，江梦霞任宣传委员。

鹿邑人邵子奇此时正在鹿邑县城做邮差工作。他每天给机关分送邮件、书信，这就有了与李、江二位地下党员接近的机会。在频繁的接触中，邵子奇开始逐渐接受共产主义思想，也逐渐成为李、江二同志的挚友。不久，经李梅村介绍，邵子奇加入中国共产党，并成为李、江二人的秘密联络员。

1931年春季的一天，邵子奇身穿绿色坎肩，挎一个绿色邮包，像往常一样风尘仆仆地走街串巷，给各家分送邮件书信。出门时，天晴得万里无云，还未跑几个地方，忽然狂风突起，乌云四合，风雨交加。待他抱着绿色邮包，匆匆躲至檐下时，邮件早已淋湿。

邵子奇将邮件送交县府收发室，坐下休息，与收发员张公如喝茶闲谈。张将淋湿的邮件摊放在桌案上晾干。因为邵子奇平时从这方面获得过不少重要情报，所以他比较注意观察。突然，一份被雨水打湿的公文赫然闪入他的眼帘。只见上面写着"查共产党员江梦霞（即江松樵）潜逃鹿邑大肆活动，着即逮捕解省"等语。这真是晴天霹雳，他顿感心中一阵惊慌。于是他立即借故告别，随即到王子久家江梦霞的住室，将全部情况告诉了老江，要他尽快转移。江梦霞向王子久请了假，当晚，邵就把江送到城西胡半截楼一个姓刘的家中暂时隐蔽下来。

翌日黎明，邵子奇就赶到江梦霞隐蔽的地方，他们二人一同谢别这家，边走边谈，不大一会儿工夫便来到了村头。江梦霞严肃而认真地说："我走后，书社的楼上，所有党的宣传文件和进步书籍要全部转移或烧掉。"

邵子奇沉痛地说："请你放心吧！你所嘱咐，一定照办。"

邵问道："你准备到哪儿去？"江回答："到息县去。"

邵难过地说："我没什么贵重的礼物送你，现有十五块现洋，请收下作为盘缠。还有一块怀表，也请你收下，留作纪念。"在这临别之际，他们有说不完的话，道不完的情。

邵子奇抑制住悲痛最后说："现在天已不早，情况紧迫，请赶快登程，望你保重身体，祝你一路平安！"言罢他们挥手告别。一直到看不见对方的身影，邵子奇还呆呆地站立在路旁一动不动。

（李森　于新豪／整理）

# 虎口脱险

　　1932年8月的一天早上，鹿邑县衙门口前，一街两巷都挤满了看热闹的百姓。不大一会儿工夫，衙门内缓缓推出一辆作囚车用的小土车，车上坐一位戴着重型脚镣的年轻后生。只见他目光炯炯，神态自若，虽为囚徒，锐气不减，他就是鹿邑早期地下共产党员邵子奇同志。紧跟在囚车后面的，是两个杀气腾腾的解差。这一年的8月21日，邵子奇同志不幸被捕，身陷囹圄。

　　国民党反动县政府一面向上级报功请赏，一面诱骗邵子奇同志叛变招供。面对敌人的威胁利诱，邵子奇横眉冷对，大义凛然，未暴露一点点党的机密。敌人枉费心机，结果一无所得，出于无奈，才将邵解往省府开封。上路后，邵子奇思绪万千：从投身于党的怀抱到被捕入狱，自己尚没有为党做出更多的贡献，甚感惋惜；从少年时代想到青年，受父母养育之恩，尚未报答，却即将与世诀别……

　　邵子奇当天被押解至柘城，夜宿于柘城狱中。翌日，柘城县府另派两名解差，将其押往睢县。行至六十里处，天空乌云密布，大雨倾盆而下，土车无法行走。恰巧在不远处有一饭棚，两解差欣然作喜道："我们可有避雨的地方了！"说完，催促车夫奋力向饭棚方向赶去。

且说邵子奇在鹿邑起解时，其父邵贤看他案情严重，恐有生命之忧，便带路费随解差一起护送。一则准备到省府开封托人关照，搭救儿子性命；二则倘有不测，也好作收尸准备。一路之上，他搜肠刮肚，思来想去，只是想不出什么好的救儿办法。正在他愁肠百结、愁眉不展之际，天突降大雨，他不禁心头一阵高兴，暗暗道：真是天公助人啊！他不禁想：这饭棚处于荒郊野外，无官无兵，只有解差二人，而且此地距周围各县都远，这可是救下儿子的好机会，千万不可错过啊！

他主意一定，同儿子交换了一个会心的眼色，即转身向二解差一揖说道："二位一路风寒，多有辛苦，今逢雨天，我想在这村野小店置薄酒数杯，以慰劳苦，不成敬意，望二位屈尊，邵某不胜感激。"

没等二解差有所表示，邵父即令店主着手置办酒菜。此饭棚虽小，可上几坛村酿的农家烈酒、再凑合几个下酒小菜还是办得到的。不大一会儿，六个下酒的小菜和一壶高粱酒便端上了桌。在邵父再三劝酒下，两解差都喝得酩酊大醉，趴倒在桌上。邵父看时机已到，哪敢耽搁，他重金买通饭棚主人，旋即背起自己的儿子，向东北方向逃去。他蹚着齐腰深的庄稼，踏着没脚的泥水，行约三里之遥，天渐渐昏黑，邵子奇父子暂时脱离了险境。

夜幕降临后，邵子奇对父亲说道："您这样背着我行走，几时才能到达商丘？赶快想法将我脚镣手铐砸去才是。"可是在荒郊野外，哪里能找到斧头之类的东西呢？无奈他们只好凭直觉朝着东北的方向，漫无边际地走去。刚走出不到一里的路程，眼前出现了一片瓜地。看瓜棚里有一盏昏暗的油灯，灯光隐隐约约地从瓜棚里透射出来。父子俩见状，一阵狂喜袭上心头，不由加快了脚步，向瓜棚走去。

走近瓜棚，见一老人正在瓜棚下面的一张床上躺着纳凉，听到脚步声，折身坐起。"谁？"他问。

"逃难老乡。"邵子奇忙答道。

当看瓜老人发现这两个逃难陌生人走进瓜庵，其中一个还戴着沉重的脚镣时，着实吃惊不小。见此情况，邵子奇父子为争取时间，取得老人家同情，便主动向老人陈述了事情的经过。自古道"恻隐之心，人皆有之"，看瓜老人见爷儿俩如此可怜，便答应帮忙。他回家拿来斧头，砸掉了邵子奇身上的脚镣手铐，父子俩谢过老人救命之恩，并赠送大洋五块以表谢意，便迅速朝着商丘火车站的方向逃去。

（李森　于新豪／整理）

# 魏凤楼请客

抗日战争全面爆发的第二年九月，国民党统治下的鹿邑新调来一位县长。此人名叫魏凤楼，四十多岁，身材魁伟，气宇轩昂。在他那严肃而机智、诙谐的面容上，时常流溢出一丝带有讽刺意味的微笑。加上他平时穿着一身地道的庄稼汉麻秸灰粗布衣服，浑身上下透出令人高深莫测的神秘感。每当他独自一人外出逛大街或在街坊的小吃店中喝豆浆的时候，总不免引来众人的谈论。

按惯例，新县长上任后，县城一些名流、绅士、上层人物以及各区长、联保主任等，都要携带厚礼往县衙拜谒，以取得新"主子"的青睐。出人意料的是，这一次都无一例外地吃了闭门羹。"县长不在，不要再来，下帖请客，后会有期。"警卫对每一个来客都扔过去这一串硬邦邦的话。这些马屁精们一个个乘兴而来，败兴而归。

眨眼工夫，半个月过去了。这些惯拍马屁的先生们终于在焦躁的期待中，各自接到一封精美的请帖。他们欣喜的目光，贪婪地品味着请帖的内容——

×××先生:

　　本县上任以来,承诸君多方关照,凡事一切
顺利。为叙情谊,兹定于明日上午八点,在敝衙
设小宴酬宾。望不弃寒微,届时光临。

县长:魏凤楼

民国二十七年九月十五日

　　这些平常骑在人民头上作威作福的权贵们在一纸请帖
面前,个个受宠若惊。

　　翌日一大早,接到请帖的地方官吏、绅士、名流,都
争先恐后地以自己提前到来和备礼丰厚,表示了对新任县
长的尊敬和信赖。

　　八点前,堆积如山的各种名贵礼品置于县衙大门外左
右,来客在县衙大厅落座静候。

　　八点过后,一名年轻卫兵从后堂来到大厅,大声宣
布:"魏县长到!"随着声音,一位头戴灰褐色马虎帽,上
穿对襟粗布灰棉袄,下穿大裆棉裤和窄脸粗布毛兰鞋的粗
壮大汉,虎步生风地走进大厅。客人们看着这位穿着"不
凡"的县长,个个呆若木鸡。只见魏县长两手作揖说道:
"各路财神都已请到,我先给大家作揖。不要客气,请坐
下来说话。"

　　待大家落座,他又说道:"今天把大家请来,有事相
商,还请诸位帮忙。现在是国难当头,我们大家都要抗
日,有人出人,有力出力,有钱出钱。我奉命到本县赴
任,可是我老魏家底太薄。跟我上任的弟兄到现在都没穿

上棉衣，想借几个钱，以救燃眉之急。"

客人听到这儿，好像才明白过来。你看看我，我看看你，半句话也挤不出口。魏凤楼见大家不出声，严肃地说："办好这件事情，一不许按保甲摊派，二不要把钱亲自送来。每人发一张纸条，写上各人的姓名、住址、能拿出多少大洋，不可弄虚作假。否则，别怪老魏不客气。"说完，示意随身警卫发给每人一张纸片，随即补充道："膳食设在后堂，交卷即可赴席。"

为了讨好这位据说挺严厉的父母官，连最吝啬的贪鬼都咬牙以最快的速度、最高的金额，写好了字据。

交了字据，客人跟随卫兵，鱼贯来到后堂宴会大厅。人们一看到餐桌，全都惊呆了。原来，每张桌上，每人面前，只放着三个黑黝黝的高粱面窝窝头和一碗小米汤。

等客人坐定，魏县长风趣地说："今天请大家来吃我们的'猴头燕窝金渣汤'，每人一份，请诸位务必用完。否则，就是看不起我老魏了！"言毕，他就带头抓起窝窝头，狼吞虎咽地大吃起来。

这些一向骑在人民头上养尊处优的先生们，要咽下这窝头米汤，谈何容易。只见他们一个个抻脖子瞪眼睛，洋相百出，令人捧腹。魏县长看看这帮家伙的狼狈相，又一次严厉地声明："大家不要客气，都吃完自己的一份，不然就是看不起我了。"在县长威严的声明下，这帮人只好乖乖地吃完各自的"美味"。

他们走的时候，魏凤楼叫他们把带来的礼物原封不动地带了回去。自此以后，在魏凤楼任期内，再没有谁敢行贿受贿。没几天的工夫，一笔笔数量可观的现金和物资，源源不断地集中到了县政府。

又过了一个多月光景，正是大地飞雪的隆冬季节，只见在通往新四军游击队驻地白马驿的大道上，满载军用棉衣、猪、羊、粉条、蔬菜的大车，一辆接一辆匆匆前行，这正是魏凤楼"请客"换来的东西。

（李森　于新豪／整理）

# 计售城墙

　　鹿邑县城北十里老庄寨有家大地主，名字叫张已时，有地七十余顷、乡下和城里住宅各一处，骡马成群，楼阁参差，家资巨富，是鹿邑县头号大地主。

　　有一天魏凤楼县长来到他家，张已时一见魏县长来了，心里有一点忐忑不安，慌忙出门去迎。张把魏迎入客厅坐下，一面拿烟端茶，一面问道："魏县长大驾亲临，必有要事？"魏县长道："没啥要事。只因弟兄们没啥吃的了，我想卖你点东西，好给弟兄们弄碗稀粥喝，不知你同意不同意？"张已时一听县长要卖东西，连忙笑道："我知道魏县长好开玩笑……"魏县长没等他说完即正色道："谁开玩笑，我真的要卖东西！"张已时见县长严肃认真，忙说："县长有什么困难，鄙人一定倾囊相助，何至于变卖东西？"魏县长故作生气的样子，道："别看我穷，老魏我从来不要别人的东西。你不想买我的，我也不强卖你，更不能让你无故相助！"

　　张已时见魏县长隐隐有些怒色，连声说道："我买，我买。但不知道魏县长要卖些啥东西给我？"只见魏县长愁眉苦脸地说道："东、西城墙卖了，南城墙也卖了。还剩下北城墙要卖给你，价钱不偏不倚，五千块大洋。"张已时一听五千块大洋，心里扑通一下，好像是谁往他的胸窝里填了一块砖，哭丧着脸说："我现在手里可是没有这么多钱啊！"魏县长见鱼已上钩，此事已成，即和颜悦色道："暂时没这么多没关系，买件大东西不容易，等你最近几天凑好，我派人来取。"张已时听了，真是哑巴吃黄连，有苦道不出啊。他往肚里咽着苦水，口里还不得不说："不，不，凑好我一定送去。"

就这样，魏凤楼用筹集到的这些钱购置了一批重要的军需物资，支援给了驻扎在鹿邑境内的新四军游击支队。

（李森 于新豪 / 整理）

# 乔装出城

1939 年的农历三月，正是春风送暖、鸟语花香的美好时节。在日军铁蹄蹂躏下的沦陷区人民，并没忘记自己传统的节日。像被严冬禁锢的草木一样，在春风化雨的沐浴下，人们灰冷的心开始萌动。这天，鹿邑县城人山人海，在三月二十八古庙会上，人们正聚精会神地观看着台上的戏曲节目。

中午时分，戏正演到热闹处，人群中突然出现一阵骚动。从县城的西北方向，传来一阵猛烈的枪炮声。接着，一个令人震惊的消息在人群中炸开了：一个大队的日本鬼子，从柘城向鹿邑挺进，现在已经打进城里来了。霎时，整个会场的人像决堤的潮水一样，向四面八方逃窜。演员们来不及卸妆，就手托乌纱，跳下了舞台，随着人流向外推挤。有的为了跑动方便，索性脱去靴子，打着赤脚，手提着道具胡子奔跑。

不久，县城内传来了激烈的枪炮声。这是魏凤楼县长率领抗日武装，与已经进城的日军展开了激烈的巷战。经过几个小时的交火，由于敌我力量悬殊太大，魏只能率部撤出城去。

日军兵强马壮，**魏部撤出迅速**，致使抗战部队的三位女同志杨春芙、沈萍、陈焰没来得及随部队撤出。

　　在魏凤楼部队与日军巷战激烈的时候，她们三人正在东关的一家裁缝铺里做妇女宣传工作。听到枪声，知道情况有变。杨春芙三人急忙将群众安排妥当，便迅速离开东关，赶回部队驻地。当赶到西关，巷战已经结束。魏部撤出县城，日军开始全城戒严搜索。紧急之中，杨春芙三人匆匆跑到市民廖松山家躲藏了起来。廖松山家临街，不易隐蔽。为保安全，在主人的建议下，趁天黑之际，她们转移到了孙万祥家里。

　　孙万祥是位忠厚老实的教书先生，虽然家境贫寒，但为人却坦率耿直。黑暗之中，见廖松山领进三位年轻女人，便有不悦之色。廖急忙将情况细细向孙作了说明，孙的面色比刚才更严肃，便毅然说道："为了安全，只得委屈三位同志一段时间了。"说完，他急忙让妻子将灯熄掉。

　　他来到院东边墙根下的一垛乱柴堆跟前，将乱柴搬开，下面便露出一层松土。只见他用脚轻轻地将那层松土踢开，下面又露出桌面大小的一块木板。黑暗中，他熟练地弯下腰掀动扣手，只见那块木板"嘣"的一下弹跳了起来，露出一个黑幽幽的洞口。他轻声告诉众人，这原来是他家祖上留下来的一个菜窖。后来他改建成了一个很整洁的地下室，平日里存放一些杂物，必要时，住人也完全可以。孙万祥便命妻子将熄灭的油灯拿来，端进洞口，方敢将灯点亮。孙先端灯顺梯而下，接着让杨春芙三人也都下了地下室。一切安排妥当，孙便命妻子给三人做饭充饥。

为了应付随时可能出现的意外，孙上来后，立刻将洞口关上，上面重新用干柴堆好。在他们认为一切都不会出差错时，廖松山才匆忙离去。

就在廖松山离去不大一会儿，几个日本兵在日伪汉奸的陪同下来到了孙万祥老师家。他们在这里大大折腾了一阵，用手电筒在那堆柴垛上照了又照，走近跟前又用脚踢了踢，看真的寻不出个名堂，便悻悻地走了。

杨春芙三人在这里一住三天，无任何事情可做，闷得实在无法忍受，但一时又无出城机会，只得这样慢慢熬过来。

说来凑巧，就在她们三人急得昼夜难眠、坐卧不安之时，西关镇联保所通讯员王善臣的母亲突然病故。聪明颖悟的孙万祥老师立刻意识到，这是一个送亲人出城的绝好机会。在孙万祥的联络策划下，杨春芙三人皆穿白挂孝，满身缟素，出现在王善臣家送殡的女眷队伍中。杨春芙三人同其他女孝眷们一样，双手掩面痛哭，谁也看不出半点破绽。

出棺送殡开始了。杨春芙三人同样夹杂在孝子们之中，随着这支送葬队伍，没受任何阻挡地通过了由日军严加把守的北城门。待安葬仪式完毕，杨春芙三人便迅速将孝服脱下，一身百姓打扮，迅速离开人群，向着魏凤楼部队驻地的方向走去。

（李森　于新豪／整理）

# 河畔枪声

侵华时期，日军每到一处，见人就杀，遇房便烧，不择地点、不分时间地点奸污妇女，就连年逾花甲的老妇、十来岁的幼女，碰上日寇也不能幸免，真是形同猪狗，令人切齿痛恨！

这是1939年的秋天，鹿邑城北贾滩一带，农民李腊、孙绳干为首，在贾集成立了"义勇军"。在家仇国恨之下，不到一个月的工夫，义勇军就从成立时的十余人发展到了一百多人。义勇军成员多为受苦受难的乡村青年农民，他们早想寻机痛歼日军以解心头之恨。

一天下午，日军三艘大木船满载着士兵和枪支弹药，从柘城县出发，顺惠济河开往亳县，途经鹿邑贾滩。早有侦察人员将情况报告给李腊和孙绳干，孙、李二人当即决定要给这三船日本侵略军以毁灭性的打击。日军人多势众，武器精良，要彻底消灭他们，就得设法拖着他们，不能让他们溜掉，然后巧袭，方可取胜。

说话之间，日军三艘大木船已到贾滩北边，李腊和孙绳干命令义勇军战士百余人向惠济河南岸靠拢，埋伏在河南岸的大堤之下。看到日军船只已经进入火力圈内，孙、李二人当即命义勇军战士一齐向日军开火。日军被这突如其来的猛烈攻击搞得晕头转向。一个日本曹长趴在船沿上一处不大的掩体下，叽哩哇啦地向日军大叫一阵后，三只木船调转船头，向惠济河北岸驶去。鬼子一面向北岸靠拢，一面向南岸上的义勇军战士还击。

船上的日军被义勇军战士拖着，既不敢弃船过河，又不敢继续向东行驶。

待天黑后，义勇军挑选精干战士数十人，由李腊带领泅水渡河到敌后打击敌人，以牵制敌人的火力，把敌人的注意力吸引到河的北岸。河南岸，义勇军战士杨恭卿等十人在夜幕的掩护下，潜入船底，用挖耳刀撬挖船底。不到一个时辰的功夫，三只木船的船底被撬开了几个大洞。河水开始"咕嘟咕嘟"不停地灌进船舱。

船上的日军只顾与岸上的战士们交火，又是在夜间，哪能注意到船在疾速地下沉？鬼子一个个都成了水老鼠，会凫水的在水面上打着漂，不敢上岸；不会凫水的，早被呛得奄奄一息。

义勇军的战士们看到三船日军都成了水老鼠，一个个犹如离了弦的弓箭，"嗖、嗖、嗖"都跳进了水里，同那些浮在水面上的鬼子展开了水上肉搏战。不善水性的日本鬼子哪里是这些惯在水中行走的义勇军战士的对手，不到十分钟光景，各船被击毙、淹死者就有数十人，剩下二十多个鬼子都乖乖地做了义勇军的俘虏。

（李森 于新豪/整理）

# 捉"舌头"

抗日战争时期，一个春天的上午，在鹿邑县北城门值岗的一名日军士兵突然被一颗不知从何方飞来的子弹击中，这件事在全城引起了一阵骚动。没过几天，在城西门日军岗哨上，又有一名日本鬼子神秘地失踪了。

这接二连三的事件，引起了日军驻鹿邑的小头目龟田的愤怒，他立即命令全城戒严，严格搜查凶犯，并命令增加日军岗哨的执勤人员，以防万一。

那这些大快人心的事情是谁干的？他正是当年炸毁商丘日本军火库，打入敌人内部，处死张车、毛遂两个敌司令，从而震破敌胆的侦察英雄朱跃振同志。

朱跃振于1938年3月在河北参加革命，1939年入党，1942年任商丘、亳县、鹿邑、柘城四县的侦察组长。

这一天，他奉冯胜司令员的指示，和侦察员宋明贤二人，从睢杞太地区出发了。二人为便于行动，都是一身日本宪兵打扮，还骑着两匹马，他们此行是要到永城一带执行一项秘密任务。

这天上午，他们来到鹿邑城北门外，这里有个日军哨兵，手持上了刺刀的钢枪，气势汹汹地站在岗楼门前，不停地审视着过往的百姓。那日军岗哨看见迎面走过来的朱、宋二人，以为是宪兵外出回城，就叽里咕噜地发出口令。朱跃振唯恐对方看出破绽，带来麻烦，迅即在宋明贤的掩护下，从腰间掏出手枪，对准日军岗哨的脑袋，"叭"地放了一枪。那哨兵连吭一声都没来得及，就仰面朝天，倒在地上。及至城里日军赶到现场，朱、宋二人已飞马跑出二十里开外了。

他们在赴永城县执行完侦察任务的归途中，又途经鹿邑，兴奋之中，想再顺便捎带一个。商定后，二人便策马来到城西门口，远远望见西门岗楼下，来来往往晃动着两个日伪军岗哨。他俩以最快速度，策马冲到岗楼下，敌岗哨还没弄明白是怎么回事，只见朱跃振手抬枪响，一名日军应声倒地，剩下的那个伪军连忙想往岗楼里钻。说时迟，那时快，只见宋明贤飞身下马，一个箭步来到那伪军身后，一把将其抓过来，双手抱到马上，自己又翻身上马，立即调转马头，朝正西的方向，急奔而去……

这都是几个月前发生的事情。可是眼下，军区首长又交给他们一项更艰巨的任务：到鹿邑县城，捉个日本鬼子"舌头"回来。他们非常清楚，前不久他们两次突袭日军岗哨，肯定已经引起了驻鹿邑日寇的高度警惕。这就意味着他们这次行动的难度加大了，绝不像上两次那样来得轻巧。

但不管怎样，他们还是信心十足地接受了这项任务。

此时正值炎夏，天气晴朗，酷热难当。朱跃振和宋明贤二人又来到鹿邑县城西门的护城河外，藏在即将成熟的高粱地里，远远地可以望见插着太阳旗的日军岗哨。两名日本鬼子荷枪实弹站在岗楼下面的烈日下，极不耐烦地踱着步子，隔一会儿就到阴凉处稍息片刻。这样，大约有一刻钟过后，只见从城里走出来两个换岗的日军。他们叽里咕噜说了一阵之后，原来的家伙就离开岗楼，回城去了。这两个新换岗的日军，又相互咕噜了几句，只见一个一头钻进了岗楼，另一个把枪挎在了背上，走上护城河上的小桥，直向对面的一片高粱地里走去。那片高粱地里正隐藏着朱、宋两位侦察英雄。

　　他俩见状，还以为是自己不小心暴露了。看看那日军漫不经心的样子，又不像是发现了什么。于是他俩就很快放下心来，并传递了一个眼色使对方会意，迅速移动身子，向前面不远一片浓密的灌木林里躲去。他们刚刚藏好身子，那日本鬼子也来到了这片灌木林。只见他慌忙把枪靠在一棵小树干上，解开裤带就蹲在那里大便。朱跃振见此情景，迅即用双手向宋明贤做了一个捂嘴擒拿的暗示。不大会儿工夫，那鬼子提着裤子站了起来。就在鬼子聚精会神地系裤带的空档，他俩犹如狸猫捕鼠一样，既轻捷又迅速地蹿到那鬼子背后。那鬼子还没等发现，嘴巴早被一只大手紧紧地捂住，随之，一只乌黑发亮的枪口就抵住了他的脑袋。鬼子见状，吓得哆嗦着身子，只是用眼神告诉他俩，愿意乖乖地投降。宋明贤用枪抵住鬼子的后腰，朱跃振用手朝正西的方向指了指。

他们很快就消失在了漫无边际的青纱帐里。

（李森　于新豪／整理）

# 聂石头拳打小日本

抗战期间，沦陷后的鹿邑县城像一座囚笼，大白天街上都很难见到行人。大街上的商业门面，整天都是紧紧地闭着，有的门索性堵死，有的在门外用砖或土坯砌成方形，像碉堡一样。那墙砌得比门还高，在四尺高处，三面都留有小方洞，留作在出门前向外窥望之用。人们每逢出门，先从小洞中向外看看有没有日军，有日军就不出去，等没有日军时再出门。那门却窄得可怜，一个人侧着身子才可以过得去。当地老百姓称这种墙为防身墙、隐身壁。

市民要出城买东西可难啦，不论男女，超过十二岁的，人人都得随身携带"良民证"。那"良民证"上得贴上一寸照片，照片上盖有钢印，还有姓名、性别、年龄、住址、门牌号码，还有两个手指印。出城门时，人们得把"良民证"戴在胸前，见了日军岗哨还得规规矩矩给他鞠躬敬礼，稍有不慎，那站岗的日本人就要用刺刀戳你的鼻尖儿。

待验过"良民证"后，他们还要将人带到岗楼里，分男女进行搜身。发现可疑的人立即抓起来送到日军司令部。当时群众形容说："出城如过关，进城如入监。"

1940年初冬的一天早晨，北风凛冽，寒气逼人。天明时，市民要出城买米买柴，西门那里聚集了很多人。可是那些守城门的鬼子就是不开城门。不一会儿，从正东来了两个抬着稀饭坛子的人。这两人是聂家兄弟，走在前头的是老大，大名聂广道，小名石头。因他患有阵发性癫痫症，人们送他一个绰号叫"聂疯子"。此人有四尺七八的个头，四十二三岁年纪，圆胖脸，大眼睛，一脸络腮胡子，两道扫帚眉又黑又重。那走在后边的是老二，名叫聂广田。那聂广田与聂广道虽是同胞兄弟，但长相可大不相同。聂广田三十七八岁，身高足有五尺二，细长条的脸，两道柳叶眉，高鼻梁骨，一口碎白牙。

他二人一前一后抬着坛子来到路北瓦房东边放下。很快就有不少人来喝豆沫暖和身子。有的人边喝边骂："他奶奶的，天到什么时候啦，还不开城门？"有人又骂道："中国的地，日本人管着，论啥理？"有个老头儿气愤地说："我要去十岁年龄，非打他狗日的不行。"那聂石头站在一旁听在耳里，记在心里。

且说这西关城门楼上，只有三个日军站岗，时间长了，老百姓都知道他们的名字和绰号。有个叫山村次郎，绰号"大眼"，此人最坏；还有一个个子不太高，有四尺半，此人的脸是上宽下窄，三分像人，七分像猴，绰号"小猴子"；第三个个子小，嘴特别尖，绰号"尖嘴桃"。

说话间，只见"大眼"从城门楼上背着枪、饭盒、水壶、铁帽子，慢慢地走下来。有个叫高魁的老头骂道："他妈的，天到啥时候了，才起来，咋不睡死这些狗杂种。"

正在休息的聂石头早把肚皮憋炸了。只见他摩拳擦掌，把头上帽子一抹，腰中大带一解，把棉袄连衬衣都脱下来了，露出那又白又胖的上半身，犹如《水浒传》中的花和尚。聂石头用右手拍着胸膛向那日本人走去，并翘起大拇指高声说道："有种的，你来！""大眼"看对面这个中国人比画着什么，像是要和自己摔跤。

于是，他把枪、饭盒、水壶、钢帽子放在地上，兴冲冲地上前应战。那聂石头身强力壮，胳膊一伸，像梁檩一样。他上前一步，把日本人拦腰抱起，下边用腿一夹，只听咕咚一声，利利索索地把"大眼"摔倒在地。"大眼"翻身站了起来，聂石头把右手向"大眼"腿盘里一插，左手抱着"大眼"脖子，大吼一声，就把"大眼"扛在了肩上。他在人群中跑了三圈后，又把"大眼"摔在了地上。

正在这时，只听人群中有人念道："上打咽喉下打阴，中间两肋并裆心；下部两臁并两膝，脑后一掌要真魂。"聂石头扭头一看，不是别人，正是自己的师傅李桂祯。

聂石头心想，这大概是老师怕我忘了招数，在提示我吧。其实聂石头真的忘了用招数了，只顾与日军较量力气，忘记了按拳路打。聂石头手指着"大眼"说："来呀，你奶奶的，有种的起来，再来，来！""大眼"显然有些不服气，聂石头这一招呼，他就又起来了。聂石头遂上前一步，伸出左手向"大眼"脸上虚晃了一下，右拳早结结实实打中了他的左肋。随之而来是右脚飞起，正踢在"大眼"的左腿膝盖骨上。聂石头随势转身，收回右腿，又使出连环腿，正踢在了"大眼"的右腿膝盖骨上，疼得他向前一扭身。聂石头又双手抱拳，用右肘靠近"大眼"一捣，正捣中对方的左肋。只听见"大眼"惨叫一声，向后倒退几步，来了个倒栽葱，疼得他双手捂着两肋，没了一点还手之力。此时围观的众人已是一片喝彩之声。

聂石头又一次把这个日本人打倒在地，而且这一次是按拳路打的。李桂祯在一边说："不错！不错！正是这样的打法。"聂石头在一片喝彩声中畅快地骂道："日你奶奶，不服老子，再起来，来呀！"那"大眼"被聂石头打得头青、眼肿，几处受伤，心中更是羞愤，勉强从地上爬起来，伸出大拇指对聂石头说："你的，中国人的，这个！"接着又说："你的，慢慢地，我的那边快快地来，你的明白？"说完，他把枪背在肩上，拿起水壶、饭盒、钢帽子，回头向城门楼上走去。

看他那一瘸一瘸的狼狈相，大伙儿从心里感到喜悦。有的说："这个狗杂种，今天没有占到便宜吧？"

且说那日军"大眼"，挨了一顿痛打，心中窝了一肚子的火。上城门楼找他的同伙去了。不多一时，从城门楼上小跑似的下来三个日军。聂石头见"大眼"搬来了援军，毫不胆怯地说："又搬来两个狗娘养的，我也照样收拾得了，来吧！有种的来！"李桂祯一看又来了两个日本人说声："不好！好汉不吃眼前亏，石头你也为大伙出了气了，还不快走？"聂石头还在那里发愣哩。

李桂祯着急地说："三十六计，走为上策，快走！快从这屋向北。"聂石头听了老师的劝，连忙从地上拿起衣物，穿过人群向北跑去，顺着大坑向东去了。三个日本鬼子来到人群之中不见了聂石头，便用审视的目光盯视着大家问："他的，哪里？"有人向东大街指了指说："他的，那边。""大眼"说："你的说话不对，他的跑啦、跑啦的。心，坏啦、坏啦的。"之后，那两个日本兵在周遭找了一圈，没找到聂石头。"大眼"气愤不已，但也无计可施，只好悻悻地回了司令部。

从此，在西关城门口再也看不到那个为人们深恶痛绝的日本鬼子"大眼"了！

这正是：

> 侠胆傲骨气凛然，
> 西门城内斗敌顽。
> 迎面三招惊霹雳，
> 方显中华好儿男。

（李森　于新豪／整理）

# 夜袭日军

1942 年，是鹿邑县沦陷于日寇之手的第三年。日军在鹿邑城内外烧杀淫掠，无恶不作。人民度日如年，苦不堪言。

这一年的六月二十四，天气晴朗，万里无云。鹿邑城北王庄一个叫王善良的人家里，正在张灯结彩，准备给他第五个儿子王五办喜事。这年王五二十二岁，长就一副顾长的身材，黝黑的面庞，两只大眼睛灼灼有神。他自幼跟随父亲学了一手叫呱呱的好手艺，是城北一带有名的泥瓦匠；同时，他也是个上房蹿脊、飞檐走壁的能手，人送雅号"飞毛腿王五"。

虽然时值兵荒马乱之年，可人们操办喜事时，总要尽量地热闹一番。且说六月二十四这天一大早，王善良家的至亲好友、远朋近邻都来王家贺喜。一时间，客人们来往穿梭，煞是热闹。

快到中午时，新郎新娘正要准备拜天地，只见从王庄正南的方向，走来一个执枪挎刀的日本鬼子。不知是谁的眼尖，先瞅见了鬼子，便发出一声惊呼："日本人来了！"

这一喊不打紧，贺喜的人们像是一锅滚开的水，沸腾起来。只见那些忙着架媳妇、接客人、找东西、做饭菜的人们都慌了。有的忙撕对联、藏东西，有的急命年轻的姑娘、媳妇躲藏起来，有的慌忙将结婚现场破坏，不让鬼子发现痕迹。不大一会儿的工夫，人几乎走光了。院里只剩下一些还来不及搬弄的大件杂物。

且说鬼子只来了一人。他一进村，就鸣枪射击。一个叫王汉的农民正在田里锄地。听到枪声急忙往家里跑，准备躲藏起来。不料被鬼子发现，便举枪将他射倒。鬼子进村后，走东串西，要找"花姑娘"。来到几家，都是院落空空，不见人影。鬼子来到王善良家，一进大门，就到前院里找。一看屋里全是男子和老婆婆们，便用手指着王善良用夹生的中国话问："你的，花姑娘哪里去了？"王急忙回答："太君，我家没有花姑娘。"鬼子哪里肯信。就到王五结婚的那间屋子里去找，新娘子早已躲了起来。鬼子一看没有，就去后院的两间破西屋里去找。一看，里头全是年轻姑娘，真是又喜又气。喜的是终于找到了"花姑娘"，气的是王善良竟然敢撒谎。但见他撇下屋里的年轻姑娘媳妇先不管，猛回头气汹汹地又返回前院。这时，王善良和他老婆见鬼子去了后院，一时间胆战心惊，急忙也向后院跑去，正跟鬼子撞了个迎面。

鬼子铁青着脸，指着王善良骂道："八格牙路！你的良心，坏了坏了的。"随之，便"啪啪啪"三记响亮的耳光，结结实实地打在了王善良的脸上，紧接着又当胸给了他一拳。打罢转身就又向后院西屋里走去。

王善良和他老婆见鬼子想做坏事，急忙上前制止。

"叭"的一声枪响，王善良顿时被打翻在地，鲜血汩汩地向外流淌着。胆小的人一看鬼子开枪打人，都吓得不敢再乱动。鬼子走进西屋，在几个年轻妇女当中，挑了一个年轻貌美的女人留下来，让其他妇女都走开。事情就是这样凑巧，不偏不倚，挑中的正是尚未来得及换装、穿着一身新娘服装的王五的新婚妻子。那鬼子等不得屋里的女人走光，就饿狼似的扑过去，一把抱定新娘子细软的腰肢，另一只手抓住新娘子的领口，用劲一撕，只听"哧啦"一声响，新娘上衣的前襟全被撕破，露出雪白的胸脯。新娘子又惊又怕，又羞又气，一时昏厥了过去。

那鬼子见撕破了姑娘的胸衣，大喜过望。接着，抱定昏过去的新娘子，把她放倒在墙边的一只木床上，就要扒衣解带。

正在这关头，王五闯进门来，后面紧跟着他母亲和四个哥哥以及几个邻居家的男人。鬼子一看进来这么多人，个个眼中喷火，怒目圆睁，也顾不及床上已经到手的"花姑娘"了，刚才还凶神恶煞般的模样一下子不见了，浑身哆嗦，腿一软就跪下去，嘴里不停地咕哝着，意思是叫饶命。愤怒的人们岂肯饶他。王五看着倒在床上的新婚妻子，头发散乱，胸衣已开，一双新鞋也脱落在地上，一双小脚耷拉在床边，一幅悲惨的模样。再想想刚刚死去的父亲，一股不可遏止的复仇的怒火，在胸中熊熊地燃烧起来。他慢慢走到门后，轻轻拿起鬼子放在那里的三八式步枪。鬼子看到他拿枪，已知死到临头。他不顾一切地大叫一声，就要站起来拼命。说时迟那时快，还未等鬼子起身站稳，王五手中的枪托已经狠狠地砸在了鬼子的头上。那鬼子惨叫一声，脑袋开花，气绝而亡。

人们先将鬼子的尸体藏在了红芋窖里，恐怕日军搜查，当夜又把鬼子的尸体从红芋窖内拉出来，在身上拴了一块巨石，扔入涡河的一个深涡子里。

当日，王五把父亲的尸体装进棺材，第二天一大早就出了殡。这件事很快就被本村的汉奸地主王老七知道了，他连夜将这件事以及王五参加过"义勇军"的事一并向日军司令部作了禀告。

翌日清早，日军在汉奸的配合下，由王老七带路，来到了王五的家里。幸亏这时王五全家埋葬父亲还没回来。

得知消息后，全家人立即由坟地里四散开去。王五家的女眷都投奔到了远亲家里。王五一人惜别了新婚妻子和年迈的母亲，独自一人来到睢杞太地区，参加了共产党领导的抗日游击队。

王五参加革命后，怀着阶级仇、民族恨，苦练杀敌本领，在战场上，他英勇杀敌，多次立功，受到同志们的拥护和部队首长的赞赏，很快由一名士兵被提拔为侦察排长，并光荣地加入了中国共产党。

一年后，同样是农历六月二十四这天，一大早，王五忽然接到了上级命令，要他立即率领一个侦察排到鹿邑县城，袭击日军。这个日子对王五来说意义重大，既是他结婚一周年纪念日，也是他父亲惨死的祭日，还是他打死鬼子、投奔抗战队伍的日子。他双拳紧握，向首长斩钉截铁地表示："一定完成任务！"

当晚天黑以后，王五便率领侦察排的全部人马出发了。这时，麦子刚打完场，有的田地里还长着大片的比人高的高粱。王五一行人冒着炎热的天气，挥汗如雨，日夜兼程，一天多的时间就抵达了鹿邑县城东关。

之前通过侦察，他们早已摸清了敌情。鹿邑县城内驻有三个小队，共一百余名日军，他们有百余条枪和两门过山炮。老君台驻扎着一个小队，书院驻扎着一个小队，日军司令部设在大财主张已时的瓦房院里，那里还驻扎着一个加强小队。城四门方面，每个城门都派驻了一个班的日军。在鬼子驻扎的据点周围，还驻有不少伪军，以便随时配合鬼子的行动。

根据鬼子的兵力分布情况和县城的地理形势，侦察排从东北城角进城，去老君台方向比较有把握。这些情况王五已事先侦察得一清二楚。

且说王五带领侦察排战士来到东北城角。此时，天已黑得伸手不见五指。王五一马当先，带着战士们跳进护城河，凫水抵达护城河的彼岸，眼前便是三丈多高的城墙。他们一个个身轻如燕，灵活得像猿猴，不一会儿的工夫，就翻过城墙，爬过铁丝网，很快来到了老君台下。

老君台和城墙差不多高。但要像爬越城墙那样轻易地攀上去，可实在不容易。怎么办呢？从台壁攀缘向上，根本不行；从门廊下的台阶上切入，又有日军岗哨把守。一旦被岗哨发现，枪声一响，计划就会全盘落空。

王五在不停地思考着行动方案。时间在一分一秒地流逝，再也不能犹豫了。他命令战士们手枪上膛，做好随时战斗的准备。他身先士卒，第一个向台上爬去，同志们紧紧跟在后面，一个个屏息凝神，注视着敌人的动向。王五刚刚爬到台前石阶的垛口，就有个日军哨兵向他这边走来，距他仅剩两米远。下面的弟兄们示意他开枪，王五坚持不开枪，而是把头缩回到垛口下。待哨兵向西踱去时，王五轻轻一跃，爬上垛口，又轻跳两米，没等鬼子转身，就用铁砧般的双手，猛地卡住了敌人的脖子。跟在后面的同志火速赶上，用毛巾塞了哨兵的嘴，立即把他干掉了。

王五率领大家顺级而上，轻轻推开老君台上的大门，直奔大殿。大殿中央悬挂着一盏明亮的汽灯，照得整个大殿如同白昼。只见地铺上，近三十个鬼子正死猪般地熟睡打鼾。两挺机枪支在门内两旁，二十多支"三八式"步枪依次挂在墙上，一目了然。王五第一个闯进屋内，"叭叭"两枪，打死铺上的两个鬼子，一挥手，大家鱼贯而入。这时，鬼子一个个连滚带爬起了身，乱作一团。王五举着手枪，厉声说道："我们是新四军大部队，你们被俘虏了！"

一个顽固的日军小队长张着嘴，露出满口金牙，眼睛睁得圆圆的，想找机会摸枪，只听啪的一声，就被我们的战士一枪打翻在地。其他鬼子看到他的下场，个个吓得面如土色，浑身发抖。王五一声令下，他们只得乖乖地躺在铺上，动也不敢动了。

王五立即命令战士们扛上机枪，摘下步枪，迅速出城。鬼子被缴了武器，犹如蝎子被剪去了尾巴，再没有什么战斗力了。王五见战士们已迅速奔下老君台，便和留下来的另外两名战士，拿出事前准备好的一把大铁锁，把大门紧紧地锁上，才追下台去。日军司令部听到枪声，立即命令全城戒严，出动全部兵力，到处搜捕。

这时，王五带领战士们，携带缴获的枪支弹药，尚未出城。听见日军鸣枪开炮，心急如焚。为使战士们安全出城，他决定采取声东击西的战术。只见他一人边鸣枪边向正西的方向跑去，其他战士则向东出城。日军听到枪声后，集中兵力向西追击而来。由于敌众我寡，王五坚持战斗了一小时后，弹尽无援，终于被俘。

日军把王五押到司令部的三间瓦房里，屋门紧锁，门口立岗设哨看守，准备天明审讯后，再用汽车拉到涡河王口枪杀。

天亮后，日军果然开来一辆汽车，按惯例他们会将受审完毕的俘虏扔上汽车，再拉到涡河王口，当靶子供日寇练刺杀、射击。

审问的刑具和场面都准备好了，司令官龟田派人前去开锁开门。鬼子进门一看，一个个都傻了眼，哪里还有王五的影子？屋内早已空空如也。只见梁头下面有几块碎砖烂瓦，屋顶上有一个盆口大的窟窿。这是怎么回事呢？

原来，昨夜日军把王五关在屋里后，认为这座屋子曾关押过一百多人，未曾出现过任何问题，区区一个小王五，料他也插翅难飞。可日军怎么会知道，王五是飞檐走壁的能手，绰号"飞毛腿"。王五被关押后，他心里想：今夜不设法逃出，定凶多吉少。想到这儿，他情急智生，急急地来到梁下的一张破床跟前，蹲下身子，轻轻地在床沿的飞棱上磨起绑他双手的绳子。不一会儿工夫，绳子磨断了。他站起身来到窗下，黑暗之中，往外一瞧，没发现什么动静。他便像猫一样一纵身蹿到梁上，用他那双练成的铁手，揭去屋顶的砖瓦，又一纵身，从洞口钻出屋外。这时的日军呢，两只眼只盯着门口，在屋子的南边踱来踱去。哪承想，王五已从北面的屋顶钻出，犹如飞鸟出笼，顺着屋脊，这屋接那屋，攀墙越屋，如走平地一般，很快逃出了日军的司令部。

这时日军一看屋内无人，立即报告了司令部，龟田司令官听后只气得呀呀怪叫，乱拍桌子，"啪啪啪"几记响亮的耳光，重重地打在两个岗哨的脸上，并马上下令全城戒严。立刻，大街小巷，岗哨林立，敌人开始逐门逐户清查户口，哪知这时王五已经在城北枣集（今宋河镇）的北头，正向战友们讲述着他被捕和逃跑的经过呢！

（李森　于新豪／整理）

# 献礼盗宝

1946 年 12 月，为顺利解放鹿邑县城，上级交给鹿（邑）淮（阳）太（康）县县委书记兼县长张笑南一个光荣而又艰巨的任务，要求他在 48 小时内将鹿邑县城的地形、地物、地貌，及敌人的军事设置、兵力部署侦察清楚，并绘出详图。张笑南接受了任务，并于当天下午化装成国民党工作人员，买到了敌人的证件，和两位对城内情况熟悉的同志一起，带着我们的宣传品，从吴台出发，顺公路直奔鹿邑县城而去。

在五十里的行程中，他们曾和敌人遭遇三次，虽被敌人盘问，却没露出任何破绽。最后一次和敌人遭遇是在鹿邑西南的堤口。夜晚九时以后，张笑南先让带宣传品的两位同志走在前面二百米。这时，敌人的巡逻队向张笑南走来。当走到近前时，六支长枪、一支短枪同时对准了张笑南的胸膛。

敌班长用一副不可一世的腔调对张笑南进行盘查，张笑南一边沉着冷静地回答敌班长的提问，一边拿出夹肉烧饼让他们吃。当时就有几个敌人把枪放下，拿起烧饼狼吞虎咽地大吃起来。

突然，只见敌班长猛一转身，用煞有介事的口气说："你来得正好！我正等着你哩！"他想这一下就能从张笑南口中套出实话来。可敌人的这一伎俩早被识破了。张笑南斩钉截铁地说："汲团长知道我来，我已打过电话给他，要是派你们来接，那就太好了，请吧！"这样一来，敌人反倒都愣住了。

接着，张笑南又严肃地说："各有各的公事，不便详谈。"说着，张笑南从腰间掏出事先准备好的写有"汲团长亲收"字样的信件，对着敌人的手电筒故意让他们看清楚字迹。这时，敌班长软了。他忙不迭地道歉说："误会了，对不起，都是自己人。你的公事要紧，少陪了！"张笑南也忙给他们搬梯子下台："应该如此，这是你们的责任。"

为了掩护前面拿宣传品的同志，进一步麻痹敌人，张笑南对眼前的这几个敌人说道："城外会有人接我的。"这时，走在前面拿宣传品的同志大声喊："丁永昌！"这是张笑南的化名。这样喊着叫着，已经登上事先预定好的西南城墙了。

深夜12点钟，在月亮的斜照下，城墙的宽度是可以测定的，城墙的高度却不好估量。于是，张笑南趁着爬城的时候，用手摸着城墙的砖层，数了个清清楚楚，共是123层，折合二丈五尺高……凡是上级要求调查的，他都亲自作了详细侦察。

可是给敌团长汲篯荪的"信"怎么送去呢？由于时间紧迫，信是不能再亲自送去了。还是让敌人替我们送去吧，这样又保险，又省劲。于是张笑南把宣传品满满地装了一大包，把信放在上面，然后丢在进城的要道上。

事后，大家听到传说：还未到天亮，这一大包满满的"礼物"和信件就被敌人的哨兵发现，以最快的速度交给了他们的汲团长。可敌团长给这个献殷勤的哨兵的赏赐却是几个响亮的耳光。

（李森　于新豪／整理）

# 红旗插上城头

鹿邑解放前夕，盘踞在县城里的国民党反动派已预感到形势不妙，个个心惊胆战，惶惶不安。敌县长孙敬轩却表面镇定，一面抓人派款、筑城挖池、修建碉堡，一面调兵遣将、严加布防。

1947 年 2 月 1 日，刘邓大军七纵二十旅配合鹿邑人民武装，在广大人民群众的支援下，对敌人盘踞的鹿邑县城进行猛攻。当日下午 3 时，我军首先在城东北角方向开始佯攻，以打乱敌人的军事部署。待敌人的主力部队和重武器火箭炮调到老君台方向后，我城西的主力部队利用一个团的兵力，以迅雷不及掩耳之势，在 20 分钟内全歼西关外大王庙守敌的一个营，扫清了外围。这时城内之敌集结主力，转移到西门和西城全线。仅西城门楼上就有二十挺机枪向外扫射，完全封锁了西关大街。我们的部队就地挖沟，掏空城墙，进逼城内，并用三门迫击炮和一百多挺机枪的强大火力压制了敌人，猛攻不止。

在前进的道路上，我军除受到敌人的火力阻击外，尚有个重要的问题，那就是西关护城河上的吊桥被敌人拉了起来，无法过河。护城河又宽又深，怎么办呢？愚蠢的敌人以为这样我们就再也不能前进了。我方四位工兵同志迎着敌人的枪弹，从城门对面偏南的杨家茶馆猛然将第一个云梯插进河内。敌人看到这种情形，拼命以火力阻截。四位同志冒着密集的枪弹，又把第二个云梯搭了过去。恰巧第二个云梯的后端插在了第一个云梯的中部，也就是说，第二个云梯又向前伸长了三四米。敌人更加惊慌，他们将准备好的串吊弹和成堆的手榴弹，雨点般投扔到河面上，只把河水炸得水花翻飞，几乎与城墙并高。这正好给敌人造成瞭望的障碍，也给我军的隐蔽进攻提供了有利条件。接着，我方又乘机将第三个云梯搭了上去。四位同志的炸药包准备好了，只等待着首长的命令。汪旅长的一声令下，四位同志奋不顾身地飞跑上去。他们迅速抵达预定地点，在安放炸药包的过程中，敌人的手榴弹在他们身边乱飞，可他们仍然有惊无险把炸药包安放到了指定位置。

50公斤黄色炸药和一棺材黑色炸药完全放妥了。总攻击的命令下达了，冲锋号也吹响了——只听轰隆一声巨响，迎面数百年的门楼随着这巨大的响声飞上了天。在人们面前，没有了城池，没有了城楼，也没有了吊桥，出现的是一条起伏不平的通往城内的新道路。城门楼上的三十多名敌人也都坐上"飞机"上西天了。

号声在高处吹响，我们的红旗插上了城头，我们的部队在奋勇追敌……

鹿邑解放正值元宵佳节。鹿邑城内鞭炮齐鸣，张灯结彩，百姓心花怒放。人民政府打开监狱大门，释放出三百多名地下党员和蒙冤群众。他们又开仓放粮，赈济饥民。鹿邑人民沉浸在欢庆胜利的喜悦之中。

（李森　于新豪／整理）

# 敌县长落网记

1947年2月1日，西城门一声巨响，给鹿邑县人民送来了翻身解放的喜讯。国民党反动县长孙敬轩等一群残兵败将，像退潮的海水一样，自西向东，抱头鼠窜，妄想从东门逃出城去。可是，我军早已在东门布下天罗地网，城里的敌人已经陷入我军的重重包围之中。敌人看大势已去，只好缴械投降。经查点俘虏，发现反动县长孙敬轩、保安一团团长王昌顺、二团团长汲筷荪等漏网在逃。

司令员魏凤楼立即命县长张笑南负责率人搜查这几个罪大恶极的反动头子。张笑南接受任务后，就和警卫排长周士民带领一个警卫排三十余人，在城内逐处搜查。他们在城东郑家粮坊红李箸内搜出了王昌顺，在老君台大殿太上老君像后面搜出了汲筷荪。唯有反动县长孙敬轩搜查了几天，杳无踪迹。大家正在分析情况，如何进一步搜查，忽然有人前来新政府报告说："我们发现了孙敬轩的一只小黄狗，在奎星楼周围跑来跑去，他可能在奎星楼里藏身。"

张笑南听到这一消息，非常兴奋，立即和警卫排长周士民带领警卫排去奎星楼搜查。

不一会儿工夫，他们就来到了县城东南城角附近的奎星楼。周士民立刻命令战士们把奎星楼包围起来。张笑南和周士民带领几个战士迅速冲进楼去。到了奎星楼上，既不见人，也不见狗，怎么回事？于是他们又来到楼下，四处寻查。忽然，在楼附近的城墙上面有一个黑洞。周士民对着洞口大声喊道："洞里的人快出来，不出来就往里头扔手榴弹了！"不一会儿，只见有两个人狼狈不堪地举着双手走出洞来，孙敬轩穿着一身破旧的小棉袄——那显然是他在逃跑时化装穿的衣服，还有他的老婆也穿着一件暗蓝色长袍，他们的身后还跟着那只小黄狗。

（李森　于新豪／整理）

# 生擒朱庆五

　　这天是端阳节，是人们"倍思亲"的日子。这天早上，一个二十多岁的青年人独自在鹿邑县北涡河大堤上，背剪着双手，来回地走着，看样子像是有什么心事。

　　此人便是人称"胡大炮"的我军八区区长胡子明。他带领区队两个连的二百余名战士，驻扎在涡河南岸的栾庙、栾楼等村庄，准备夜袭小朱庄，生擒匪首朱庆五。朱庆五乃是鹿邑城北小朱庄人，联防队头子，一个作恶多端的官僚地主。

　　胡子明一直独自在这空阔的涡河大堤上走来走去，考虑着对付朱庆五的妙计。他正在踱步之间，只见从小石桥的方向，走来一位中年妇女，那妇女挎着篮子，头系白羊肚手巾。走近一看，此人原来是我区队侦察员李大嫂。她奉鹿邑县独立团团长张笑南的命令，到涡河北以走亲戚为名，侦察敌情。她看见胡区长，连忙赶上两步，说道："朱庆五从西北带领十二名匪徒，每人一支长枪，还有手榴弹，鬼鬼祟祟地回家去了。看样子像是回家过节的。"说罢她就径自走了。

　　胡子明得到这个消息，就别提有多高兴了。他回到栾庙，立即召集两个连长开会，把李大嫂说的情况向胡、李二位连长复述一遍。他们都一致认为：今天是端阳节，朱庆五这家伙准在家里过团圆节。于是，他们共同商定，趁此机会，率区队打他个措手不及，活捉朱庆五，过个痛痛快快的端阳节。他们决定在晚上采取行动，这样行动隐秘，不易被敌人发觉。天刚刚黄昏，胡区长集合区队人员，做了紧急动员后，就匆匆出发了。

队伍走过小石桥，穿过梁口集的大街，出北门直奔小朱庄而来。一路上，战士们行走如飞，八点出发，二十多里的路程，九点多一些的光景就抵达小朱庄村外。胡子明立即命令将小朱庄严密地监视起来。尔后，命胡连长带一个排，突进朱庆五家。其余由李连长率领，埋伏在村的周围。果然不出所料，这时，朱庆五正在家里与妻儿老小喝团圆酒。只见他们一家亲亲热热，说说笑笑，好不热闹。

正在这时，忽听岗哨前来报告："外面有人，我们被包围了！"

朱庆五正在兴高采烈之中，突然听到这样的消息，一下子被震惊了。他略一镇定，急命惊恐万状的妻儿老小快快躲藏起来，自己便急忙带人从后门逃窜而去。

当他们逃到村边时，遭到埋伏在村外区队的迎头痛击。当场打死一人，朱庆五被活捉，其余人全部被俘。此一战，我方缴获长枪十支，手枪一支，手榴弹三十余枚。

（李森　于新豪 / 整理）

# 清隐患试量除奸

　　1947 年的初春时节，刚刚建立的鹿邑县试量区政府，不到一个月就接连遭到国民党联防队五次抢劫，弄得广大群众人心惶惶，使整个试量地区处在紧张恐怖的气氛中。

　　试量是个古老的平原小集镇，位于鹿邑县城的西部，北临鹿辛运河，东接清水河畔。正值春暖花开，麦苗返青之时，树木吐绿，景色十分宜人。可区农会主任丁琳看着眼前这一切，却不由得陷入了沉思：试量虽小，却藏盗窝匪，国民党残留下来的军政人员和当地惯匪沆瀣一气，不时骚扰我新生的革命政权，更视试量区政府为眼中钉、肉中刺，不时派特务来刺探情况，伺机报复。这如何是好？

　　一天，丁琳来到朱铺村，听该村群众反映，村里最近新搬来一家编席的，住在朱秋家里。朱秋是个赌棍，还常年推个"牌九"车子，遇会赶会，逢集上集，以聚众赌博为生。丁主任觉得事出有因，于是就把朱秋喊到僻静处严加训斥道："朱秋，你不务正业，聚众赌博，败坏社会风气，必须洗手改行。"朱秋听后故作为难地说："我家八口人全靠我一人养活，不干这营生，那咋糊口呢？"丁主任胸有成竹慨然答道："我批给你百斤杂粮，去丁保长家领取。"一向被人瞧不起的朱秋第一次受到别人的体贴关心，真是感激涕零。丁琳抓住时机追问道："你家新来的是什么人？要如实告诉我。"朱秋见问，稍加思索后谨慎地答道："这是我五年前在庙会上赌博场中认识的一个朋友，他姓王，是个瘸子，老婆孩子全家三口人，今年正月底搬来的，以编席为职业。生活可好啦，整天有酒有肉的……"丁琳打断了他的话，以命令的口吻说："今天的谈话，不准向任何人泄露。"然后丁琳来到金寨村金修德家部署了任务，让他注意监视跟踪那个所谓的"工瘸子"。

数天后，区队驻防朱铺村，有一名战士认出了王瘸子的老婆，是鹿邑城里的一个暗娼，诨号叫"牛肉汤"，这更引起了丁琳的怀疑和注意。

农历三月初五，国民党地方武装联防队来试量一带抢劫，弄得鸡飞狗跳，家家关门闭户，平日车水马龙的试量集一下子变得萧条冷落起来。

天刚放亮，王瘸子就来到试量集朱家药铺，和一名同伙秘密商谈着什么。

这一切，被跟踪的金修德躲在粮食坊子里看得一清二楚。于是区委迅速逮捕了王瘸子。

审讯开始了。

"你知道'牛肉汤'吗？"

"前天早起你在试量集跟谁接的头？"

区委书记李存英的一系列问话，却得不到任何回答，王瘸子死不承认。丁琳看在眼里，不一会儿计上心来，她和李存英耳语了几句，就坐上了主审的位置。

她首先亮出了从王瘸子家里搜出的匪首谢澄江的亲笔信，接着是政策攻心："我党的政策是坦白从宽，抗拒从严，立功赎罪。顽抗到底只有死路一条！"丁琳又紧紧盯着王瘸子问道："你是愿意立功赎罪呢，还是打算顽抗到底？"在物证确凿和党的政策感召下，王瘸子终于开了口："我叫王长耕，是坟店人，八年前在日伪军当排长，一次战斗中腿被打断，回到家中靠赌博为生，五年前认识了朱秋。这次是国民党县长王应亭、联防司令谢澄江物色特工人员找到了我，派我来试量当'坐地探'。我恐无家眷不能久住，就在城里找到了老妓女'牛肉汤'和她的姨外甥小枪做我的老婆和孩子，以编席为掩护，潜伏了下来。"

"你的任务是什么？"丁琳追问。

"我的任务是打探区委活动，提供情报，伺机对区委人员进行暗杀。前天接头的那人我并不认识，谢澄江给我的信就是他转交的。"

审讯结束了，奸细拿到了，为铲除隐患、稳定人心，王瘸子被就地正法。李存英紧紧握着丁琳的手说："丁琳同志，您又为咱区除了一害！"

（李森　于新豪／整理）

# 活捉张胡子

　　1947 年 6 月 10 日，是鹿邑县人民政府第十一区诞生的第二天。当时，区队武装只有三支步枪，而且其中仅有一支是能够使用的。此外还有子弹十五发、手榴弹五枚、大砍刀五把、红缨枪十三支。区队十九人最初一共就这么多的武器装备。

　　这一天，区队探得蒋军郝鹏举部副旅长张绍廷返家为他死去的母亲三周年上坟拜祭，他此次回来带了警卫队一个班，装备有轻机枪一挺、步枪八支和手枪两支。得到这一消息后，区队上下都喜出望外。他们立刻决定抓住这个机会，吃掉这份送上门的"礼物"。新生的区队武装，大都是当地受苦受难的农民。他们为了翻身，积极地参加了革命，但论起作战经验，是一点也没有。就拿打枪来说，也只有区长傅恒修和滕学武两个人能够掌握，要对付眼前久经战场而又武装优良的敌人，不能说不是一件艰巨的使命。

　　张绍廷绰号"张胡子"，此人五十来岁，在抗战时期当过伪县长。这家伙听到日本人来了，比兔子跑得都快，见到百姓就执行"抢、系、打"的三字方针。他对部下的教育是：大炮一响，黄金万两。见闺女不拉媳妇，见骡子不牵牛驴。他就是靠这些卑鄙无耻的行为，得到了上司的赏识，爬上了旅长的宝座。整个鹿邑以南，清水河两岸，直教他闹得乌烟瘴气、民不聊生。

张胡子的滔天罪行，在全体战士的心中点燃了不可遏制的怒火。对于这群送上门来的狂犬恶狼，如果大家不严厉打击，在人民面前就不好交代。打！坚决打！可是缺少武器又怎么办呢？

区队队员们正在商讨如何打的时候，恰好张绍廷的狗腿子魏保长来了。这可真是难得的"红娘"。魏保长见了傅恒修行了一个深深的鞠躬礼："区长，请原谅，因俺庄有丧事，一步来迟，有罪有罪。"见状，傅恒修忙赶上去一把拉住他的手亲切地说："我知道老太太三周年，旅长回来了。"接着，傅恒修又压低声音："我们是前后庄的老邻居，说起来还沾着些亲呢！我现在是共产党的人，名分上是冤家对头，不能去烧纸。我的心情，只有请你转达给张旅长了。三日内不走，我们要想办法说说话。不过住长了有危险，如果不是碰到我，上午上坟时打起来，他受惊事儿小，面子上可是难看了呀！时间不早了，我们要转移，请你把话带到。如果旅长想找我谈谈，明天一早到尚桥找我。"魏保长一个劲儿地点头："是，是，放心，放心，一定照办！"最后，傅恒修还故意拉住魏保长的手说："老兄，你看我这样的武器太不像样子了，请你给旅长说一声，给想点办法装备一下。"魏保长点头哈腰地说："那自然，自然。有我老魏在，还能办不到吗？"

夏日的晚霞十分绚丽，晚风吹散了一天的暑气，乌鸦纷纷归巢，只有不知疲倦的知了还在不停鸣叫。区队队员们在青纱帐里前行，又蹚着一尺多深的积水向南转移。魏保长送出来好远，直到区队队员们消失在青纱帐里，他才得意扬扬地向他的主子报功去了。

区队从南转西，又转北，又向东绕了一个十五里的圈子，在离张绍廷居住的村子仅半里路的地方停了下来。傅恒修迅速作了战斗部署，他和滕学武走在前头，他们想，如果碰上卫兵，就随机应变和他们答话。

区队十几人悄悄地进了村，顺利地接近了张绍廷的大门口。远远望见大门口站着一个无所事事的卫兵。很快，他就被傅恒修摸上去干掉了。接着，队员们迅速闯进大门，进了宅院。只见张的前院西屋里，餐桌上杯盘狼藉，一伙人正在推杯换盏，喝得起劲儿。只听其中一人说道："班长，明天还要走好多的路，多喝两杯呀！……不用担心，就凭十一区那几个鸟人，能顶啥屁用？我亲眼看见他们早走远了……"这分明是魏保长的声音。傅恒修立即命令四个区队员携带五枚手榴弹、两支枪把守住二门。其他人埋伏在周围，待打响后呐喊助威。傅恒修和滕学武等四个人直奔堂屋，收拾张绍廷。

这时，张胡子和他的子侄们围在一张桌上，正喝到兴头上。区队的战士们刚一出现在门口，屋里的人就发觉了。张胡子的一个儿子看势头不对，飞快地站起身来，走向门口，又把手一推说："诸位请坐，喝一杯！"边说，边"嗖"的一声，从腰间拔出盒子枪，立即对准了傅恒修。

身边的滕学武眼疾手快，腾地飞起一脚，把他手中的枪踢飞了。那家伙见势不妙，一闪身窜出门，三步两步地冲到南边墙上，一跃身，上了墙。滕学武行动似闪电，一个箭步赶上去，抱住了他的两腿，猛往下一拉，他一屁股栽倒在地上。这时，院子里混乱起来，张胡子故作镇静地耍起威风来："你们是哪一部分的？乱七八糟的！"

"我们是八路军！"傅恒修一边回答，一边高声向外边下达命令："马排长指挥外面部队，一律不准闯入民宅！"接着，区队队员们也都做起思想工作来。

"老乡们不要乱跑。我们是八路军部队，是来斗张胡子的，与各位乡亲们没有关系，大家不要害怕。我们八路军决不动百姓们一针一线。"敌人听了，也弄不清究竟来了多少八路军。后院里的一班敌人没有得到他们旅长的批准，便乘机越墙逃跑了。于是，一枪未发，区队就这样活捉了张胡子。

这时，张胡子气得两只眼睛像宋三的马一样，坐在那里不服气地问："你们是八路军哪一部分的？"

"我们是十一区的！"傅恒修干脆地回答。

张绍廷一听说是十一区的，霍地一下站起来，问道："你们区长呢？"

"在下便是。"傅恒修坦然答道。

"那你来得正好。咱们屋里谈吧！"

"不！要谈，就到区政府去谈。"

"区政府在什么地方？"

"在营子寨。"

"今天夜黑，我不能去。"

"旅长大人，"傅恒修不无讥讽地说，"今天如果让你当家，我们叩头问安也高攀不上呀！可是你已成了俘虏。你现在不是在你的千军万马之中发号施令。"

说到这儿，傅恒修把话锋一转："来人，把他捆起来！"

张胡子见傅恒修如此强硬，有点怕了，忙说："不要捆，不要捆，有话好说，我去我去。"

这时，他的儿子请求说："区长大人，是否把我父亲的马备上，我父亲不能蹚水。"

"可以。"傅恒修说。

临走时，傅恒修跟张胡子的哥哥说："大先生，明天十二点在尚桥见。"

区队出了村，半圆的月亮已升入天空。张胡子在马上只是嗨嗨地叹息，我军却一路上哼着小曲，悠然自得。

出村一里路的光景，队伍停下来。傅恒修对张胡子说："对不住了，张旅长请下马，我们得把你捆起来。现在我正式向你宣布：你已经做了十一区的俘虏，不是郝鹏举的旅长了。"张胡子听了，一句话也没说，乖乖地下马受缚。

活捉张胡子的消息，第二天就传遍了全区，人们纷纷议论，有的说："八路军真是身外长胆，小小区队敢捉旅长！"有的说："张胡子这一霸，要不是八路军的区队，谁敢惹得下！"

这天上午，天晴得万里无云，金灿灿的太阳挂在天空，成群结队的群众拥向区部所在地。这些人大都是张胡子家庭串通三个区的保长、甲长、地主和被逼的群众，他们是来联名保释张胡子的。不到正午，区部前就跪了一片人，并且威胁说：不放出旅长，跪死也不起来。

傅恒修发现在这些请愿者之中有带枪的，个个怒目而视，子弹上膛，随时都有出事的可能。傅恒修不禁心头一惊，怎么办呢？搞不好会前功尽弃，甚至还会导致全军覆没。傅恒修决定加强对张胡子的看管，如有变化，就先崩了这个恶棍。

面对眼前的棘手局面，傅恒修马上向在场的群众展开了政治攻势，重点揭发了张胡子的罪恶事实。为避免可能发生的意外，他又采取了缓兵之计，在现场郑重地向大家宣布：限期三天扒掉于我们攻城不利的城墙和国民党修筑的工事，扒完之后，用不着保释，我们就立刻放人。那些甲长、保长和张家的人，也深知区队的人是不好惹的。当天没敢怎么胡来，就逼迫着群众扒城墙去了。

趁此机会，区队把张胡子转移到了县大队。随后，区队队员们又在群众中广泛宣传，动员大家都来揭发张胡子的罪行。通过串联诉苦，群众的觉悟提高了，纷纷要求镇压张胡子，要他血债血偿。

不久之后，根据人民群众的呼声，区队在县大队的支持下，在张胡子作恶最多的老鸦店召开了公审大会。会后当场就将罪大恶极的张胡子执行了枪决。

（李森　于新豪／整理）

# 傅恒修分粮

1947 年 7 月，十一区在活捉张胡子之后，已由两支步枪发展到七支步枪、五支手枪，人员也扩到了三十多人。

为响应人民群众的强烈呼声，尤其是缓解城关一带贫民的生活困难，区队决定把鹿邑县营子寨大地主刘洪远的家产分给贫苦农民和市民。刘洪远拥有几十顷的土地，囤粮五六万斤，骡马成群，浮财、衣物、家什更是不计其数。把他的家财分掉一部分，能解决很多贫苦农民、市民的衣食之需。

一切准备工作都做好了，预定 7 月 6 日这天分粮。市民、百姓们听到这个消息，都敲锣打鼓，像过年一样欢腾起来。

这天中午，正当人们奔走相告，准备分粮时，区队突然接到县委的紧急通知，说匪首谢澄江、王润三率匪军两千多人，由柘城压过来了，已到达四十里外的地方。可能于今晚或明早到达鹿邑县城。所以，县委要求区队迅速转移。

傅恒修手里拿着通知，心里做着考虑。处在饥饿之中的饥民早就盼望着分粮，况且又已经事先通知了他们。如果这粮分不成，一定会挫伤人民群众的积极性，也影响他们对我党的信任，同时还有可能增长地主分子的嚣张气焰，也给了他们转移粮食、财物的机会。如果继续按计划分呢，时间恐怕来不及。在这种紧张的情势下，傅恒修不得不认真预估敌人行动的速度和分粮需要的时间。

根据以往掌握的敌人行动速度，傅恒修估计他们当晚不会到达鹿邑。敌人的行动一般都是畏畏缩缩的，由于他们不了解我方情况，每走一程都会停下来让前哨侦查清楚再走。敌人到达鹿邑县城后，当官的首先要过大烟瘾、老海瘾，找好住的地方；当兵的则忙于抢东西，饿狼一般地吃喝嫖赌，这些都是敌人的一贯做法了。待他们做完了这一切，发现了敌情，再派出侦察，听了侦察汇报后再决定战斗分工部署，这就能给我们腾出十几个小时的宝贵时间。倘若再进行得迅速一些，顺利一些，到敌人发现情况，再赶到现场时，我们的分粮工作应该早已全部完成了。

于是，傅恒修决定和敌人抢时间，及时分粮。他先是召开了区队干部会，传达了县委指示，连夜通知群众迅速到营子寨分粮。六日拂晓前，分粮的群众都涌向了营子寨。同时，傅恒修又派出三批六个侦察员到鹿邑县城去侦察敌情，分时段回来报告。

天刚麻麻亮，分粮就开始了。刚分到一半，第一批派出的侦察人员回来报告：敌人已进了鹿邑县城。这时刚刚八点钟，傅恒修考虑敌人不会立即出动，命令继续分粮。没隔多长时间，第二批侦察员回来报告：敌人已经在县里住下，正在打听区队的消息。又过了一会儿工夫，第三批派出的侦察人员气喘吁吁地跑回来说："敌人已探明咱们正在这儿分粮。他们已经出动了！"

这时，傅恒修看了一下时间，正是中午十一点钟，粮食已基本分完。可是群众并不知道敌情的严重，他们仍然拥挤着不走。营子寨距鹿邑县城仅六七华里的路程，敌人一旦行动起来会转瞬即到。区队的同志们立即采取了措施，向群众宣布："刚刚发现了敌情，分粮暂时停止。我们要准备打仗了！"

群众一听说有敌情，要打仗，纷纷散去。可那么多的群众，又都拿着沉重的粮食，怎么能在短时间内疏散完毕呢？有胆子小的人，开始把刚分到的粮食丢下逃跑而去。看到这种情况，傅恒修大声向群众喊道："乡亲们，不要害怕。有我们保护你们，你们不疏散完，我们就不离开现场！"群众听到喊话，这才开始镇定下来。

面对这种局势，傅恒修决定带领四名区队员去迎战，以掩护群众和区队撤退。他们五个人在营子寨西约一里地的地方，找到一大片荒凉的墓地隐蔽了下来，屏着气等待着，天气炎热，加上心情紧张，每个人的衣服都被汗水浸透了。在敌人离他们还有二百米的时候，他们猛地开始了射击。因为庄稼地里的高粱长得很高，敌人摸不清我方的虚实，都卧倒还击。我方狠狠地打过一排子弹之后，就迅速地撤了下来。这下可忙坏了敌人，他们用机枪、步枪、手榴弹，一齐向五个队员原来隐蔽的地方发起了盲目的攻击，枪声、爆炸声响作一团，一浪高过一浪。足足有半个小时过后，敌人大概发现我们的人已经撤了，这才从地上慢慢地爬起来，一面放着枪，一面缓缓地前进，像是在为区队队员们送行。

这时，群众早已把粮食背回了各自家中。

谁知，那天区队队员们刚摆脱敌人，就发现从四羊寨、范桥方向又来了四百多人的当地匪帮"红枪会"会众。他们在丁庄丁大麻子的指挥下，正向先前撤退的区武装展开追击，双方相距仅有几百米，情况十分危急！

为摆脱这个险境，傅恒修他们几个立即朝红枪会方向射击，并同时高声呐喊："我们十一区大队来了！活捉丁大麻子！"这时，后面追击而至的敌人离傅恒修几人已不到二百米，他们就向东一边撤一边高喊："红枪会的弟兄们，快回头来打十一区队，我们是来帮助你们的！"

红枪会的人听到喊声，一回头正和谢澄江的匪兵撞上，于是他们不分青红皂白地相互开火射击起来。区队队员们就趁这个机会，安全地撤退了。

（李森　于新豪／整理）

# 魏庄夺炮

联防队头子谢澄江，是鹿邑、亳县、柘城一带出名的土匪头目，他自称"司令"，人们却送给他一个外号"活阎王"。这支土匪武装有一门杀伤力很强的迫击炮，为患鹿邑、郸城、亳县、淮阳、太康一带，给人民的生命财产带来极大的危害。鹿邑县大队早想消灭这帮匪徒，只是苦于敌我力量悬殊，敌人又拥有一门大炮，一时找不到合适的机会下手。

1947 年 9 月，鹿邑县独立团和八区区队在城西北玄武一带集结。经我侦察员侦察，得知联防队头子谢澄江盘踞在鹿邑城东魏庄一带，县独立团副团长南乾道和八区区长胡子明根据情报，经过了周密细致的研究，决定采取行动。

9 月 14 日夜，银白色的月亮被蒙上一层淡淡的云，劳累了一天的人们，都开始进入梦乡。南副团长和胡子明区长率独立团八百余人、区队四百余人，兵分三路，直逼魏庄。

部队行至鹿邑县城，抓到了两个"舌头"，经过审问，这两个家伙正是谢澄江的密探。他们的口供证实，谢澄江手下的一千五百余人分住在城东的王庄、五里庙、魏庄等七个村庄。那门迫击炮放在魏庄谢的特务连里，日常都由两个机枪班保护着这门大炮。

获悉敌情后，南乾道和胡子明议定，立即将区队人马分成三个突击队，由胡子明带人从东边攻打三个村子里的敌人；将独立团组织成四个突击队，由南乾道带领从西边攻打另外四个村子里的敌人。组织就绪，立即出动。突击队犹如猛虎下山，进一村打一村，人民武装力量的突然出现使谢澄江这伙乌合之众防不胜防，他们东奔西窜，乱作一团。七个村子的敌人在混乱之中，有的被打死，有的被俘虏，不到两个小时就结束了战斗。唯有魏庄这个特务连，凭着他们优良的装备和一门大炮的威力，还在顽固抵抗，垂死挣扎。可是，兵临城下，四面楚歌，大炮也失去了用武之地。敌人用炮用不得，欲用机枪突围，可两名机枪手被我突击队神枪手"叭叭"两枪结果了。敌人看势头不妙，想抬着炮拼命突围。南、胡二人则率部两面夹击，令敌人腹背受敌。

这时，天已大亮，敌人潮水般地向北涡河边逃去。突击队乘胜追击，敌人惊慌失措，把炮轮盘和撞针卸下扔到河中，丢下炮鼠窜而去。战士们用绳子把被俘的敌人一个个都捆起来，把缴获枪支上的枪栓统统摘掉后，一支支套在俘虏的脖子上。又把夺来的迫击炮交付二连使用。

此时，曙光满天，战士们押着俘虏，浩浩荡荡地撤回了玄武集。

（李森　于新豪/整理）

# 夜袭张墩

　　为战略需要，拥有六百余众的鹿邑黄河支队在司令员张笑南、政委杨元彰的率领下，于1947年11月撤离鹿邑，转战于西华、太康一带。敌新五军留守部队则乘虚而入，驻扎在鹿、淮沿线一带，时常四处骚扰百姓。敌人的骑兵、步兵、坦克、汽车频繁地穿梭于淮、鹿、亳之间。国民党徐州"剿总"副司令邱清泉为保卫从淮阳到皖北这条漫长的战略运输线，调集沈邱、界首、太和、鹿邑、项城、淮阳六县的联防武装三万余众，集结于鹿邑以南十公里一带。他们到处烧杀抢掠，无恶不作。两个月以后，黄河支队奉命回师鹿邑，寻机歼灭这两股庞大之敌。

　　这天下午，黄河支队人马在进军白马驿途中，来到了鹿邑西南重镇吴台庙。正当支队同志们隐蔽在一个大树林里短暂休息时，游动哨发现在正东方一条大路上走来一个五十多岁的妇女。当她从远处发现了游动哨和隐蔽在树林里的军队后，连忙慌慌张张掉头朝正北方向走去，样子十分可疑。那妇女朝正北走出不多远，和迎面走过来的一个年轻妇女相遇了。看样子她们是熟人，在一起说了几句话之后，那年轻妇女和中年妇女一起，匆匆朝她来的方向走去。

这两个妇女的可疑情景也同时被树林中的张笑南和杨元彰发现了。看着她们二人就要走远，张笑南和杨元彰说了两句什么，便朝一位游动哨挥了挥手，并向正北方急匆匆走去的两个女人指了指。那游动哨会意，便撒开腿一溜小跑地朝正北方向追赶而去。

不大一会儿工夫，哨兵就把那两个吓得哆哆嗦嗦、抖作一团的女人带了过来。

"不要怕，大婶。"张笑南望着被吓得面如土色的中年大婶，和颜悦色地说，"我们是鹿邑黄河支队，是共产党毛主席领导的队伍，是为老百姓打天下的。"

那大婶听到眼前这位和蔼可亲的年轻人介绍，又打量了一下树林里席地而坐的战士们，个个衣着朴素，面容和善，完全不像国民党军队的样子，这才一颗心落了下来。张笑南见气氛已经有所缓和，便温和地问道："您这样慌慌张张一个人要到哪儿去？"

那大婶见问，泪水止不住地流了下来。她泣不成声地说："我家住在张墩，前天一下子开进来好多队伍，说是从外县来的。那打头儿的是……啥子张豁子司令。司令部就设在俺村。这下可苦了俺张墩了！他们一住下来，就挨门挨户搜查八路。结果一个八路也没搜到，却把俺老百姓的米、面、衣服、粮、钱都抢去了！我家的一头猪，那是留着准备年下给儿子办喜事用的，也被他们逮去杀了。家里给折腾得不成样子，连一顿吃的也没有了。没办法，我只好到吴台庙小李庄闺女家住两天。不想刚走到这里，就看到了你们这黑压压的一大片人马，心里当时就吓了一大跳，还以为是国民党联防队呢！我这才扭头朝北走去，正巧碰上我的外甥女儿，她也是要到她表姐那儿去的。碰见我，跟她说了情由，俺俩就转身又朝北走。就这时，你们这位小弟兄赶上了我们，可把俺娘儿俩吓死了。"

"那大婶，你知不知道在张墩，一共驻扎了多少国民党？司令部设在啥地方？"张笑南问。

"他们的人大都住在张墩附近几个村子里。住俺村的不多，只是司令部设在俺村，在俺家西边的一个地主家里。噢，对了，听俺侄子说，那个叫张豁子的司令今儿上啥地方开会去了，不在家。"

"你那侄子是干什么的？他怎么知道？"身边的杨元彰问。

"俺侄子在张豁子的司令部里当兵，是个啥子警卫连的小头目。昨晚上他回家跟他妈说的，他们的张司令要去很远的地方开会，得一天多才回来。"

"哦，是这样！"张笑南听到这儿，大胆的作战计划立刻跳进了他的脑海！他要利用这个绝好的机会，打他个措手不及，把他们的老窝端了！

"驻在你们村的估计有多少人呢？"

"也不过一二百号人。"大婶回答。

张笑南和杨元彰交换了一个会意的微笑，命身边的一位警卫将她们两人护送一程而后返回。

张笑南和杨元彰两人来到一个较隐蔽的坟头后面，蹲

下身子，商量了一阵子，分头召集部队去了。

按照部署，张笑南率一百余人进军张墩，直捣敌人心脏——司令部。为了阻击有可能出现的外围敌人，杨元彰率其余人马秘密布置在通往张墩的几条要道上，以防不测。

黄昏时分，从西北天空中飘过来几片乌云，在头顶上慢慢散开、聚拢。寒风一吹，洒下细小的片片雪花，接着，蒙蒙的细雨夹杂着片片雪花，缓缓地下了起来。在薄暮与雨雪的掩护下，队伍悄悄地进入各自的指定作战位置。

天完全黑下来后，张笑南率领战士们迅速接近张墩的外围。在距离村子约二三百米的时候，发现了敌人的游动哨。猛听哨兵喊道："站住！哪一部分的？口令！"

"谢部。我是谢司令！"张笑南回答。

在张笑南回答敌哨的时候，部队并未停下来，仍徐徐前进。在离敌哨兵还有一二十米的时候，敌哨兵又一次喊道："站住！哪一部分的？"那声音比刚才缓和一点了。

张笑南仍骑在马上，用极轻松的口吻答道："谢部。我是谢司令。你们知道吧？鹿邑县联防队。"不等对方答话，张笑南极温和地说，"你们辛苦了！这个地方很冷啊！吃过饭了吗？你们是哪部分的？"

敌哨兵排长忙走到张笑南面前，规规矩矩地说："报告司令官，我们是淮阳县联防队。张司令的部下。"

张笑南跳下马，笑着说："哦，张司令？怀明弟吗？"

"是！司令。"夜色中，张笑南还隐约看到敌哨兵排长那副立正敬礼、规规矩矩的样子。

"太好了！你头前带路，我们去看他，已经好久没见面了。"张笑南非常亲切地用手拍拍那排长的肩膀，"天这么冷，又下着雨。你可真忠心耿耿啊！有前途，好好干吧！"那排长听到司令官的夸奖，高兴得嘻嘻地笑着。

在敌排长的带领下，他们一直来到敌司令部所在地。由于天黑，又下着雪雨，周围是个什么样子也分辨不出来。只是一进入司令部大门，借着从各个门窗透出的灯光，可以看到在一间宽大的厨房里，一些人正忙着杀鸡、宰羊、烧火、做菜，锅碗瓢勺的叮当碰撞之声不时地传出来。

敌排长带领他们进了后院。一进后院，霎时热闹起来。喝酒的、猜拳的，吆五喝六；打牌的、搓麻将的，闹闹哄哄。只见敌排长朝一座高大的房子走去。那房子里灯火通明，客厅里，一个大八仙桌边围满了正在搓麻将的人。

"报告！"敌排长走进屋内，向正打牌的一个人报告说："报告！鹿邑联防队谢司令到。找张司令谈话。"

"张司令不在，"坐在里首的一个细高个子军官说，"到外地开会去了。"他的眼睛和注意力始终都没离开手中的麻将牌。

"那谁在家里负责呀？"张笑南问。

这时，一个年约四十多岁、头戴紫呢礼帽、身穿二毛短皮衣的瘦家伙从西厢房走了出来。手里还拿着吸老海用的银质烟枪。他来到当门客厅，用眼略一打量站在自己面前的张笑南，又飞快地朝门外瞥了一眼站得满院的队伍，神气十足地答道："张司令外出开会去了。兄弟在家负责。请坐！请坐！"

这时，尖刀班班长武永和带着十几位战士拥进屋来，个个手里端着步枪、冲锋枪，枪口对准所有的敌人，大声喝道："都不许动！"随着这一声喊，屋里的敌人被这突如其来的变故惊呆了。张笑南站在人们中间，笑吟吟地说道："弟兄们不要怕！你们认识我吗？"敌人被这情景弄得晕头转向，如坠五里云雾中，不知是怎么回事。"我是新五军谍报队大队长！"张笑南的声调开始变得严肃多了，"奉命到此查处你们这些违法乱纪、打麻将、抽大烟、抢东西、吸老海，无所不为的不法分子。今天，我要把你们统统捆起来带走，交军法处处理！"

张笑南话音刚落，屋子里的战士们蜂拥而上，将敌司令部三十多人全都捆了起来，接下来，其他屋子里的敌后勤及警卫人员也都被捆绑起来。清点了一下人数，共134人。未发一枪，大功告成。张笑南他们不敢耽搁，怕时久生变，立即命战士们押解俘虏离开张墩。

待先行人员押解着敌军俘虏走出司令部大门后，张笑南命留下来的战士收缴敌人的两挺机枪，五十多支步枪、冲锋枪，几十支手枪和其他一些重要军事物资。

他们来到野外，和负责阻击的杨元彰会师后，迎着刺骨的北风，顶着劈头盖脸打下的雨点雪花，朝着白马驿的方向逶迤而去。

（李森　于新豪／整理）

# 张笑南赴会

　　1948 年 8 月初，鹿邑县人民政府向冯桥反动组织"会道门"发出取缔令。会道门头子庄思勤却反驳说，他们是"红枪会"组织，而"红枪会"又是农民防匪护家的武装，不可取缔，并提出要邀请张笑南县长前往视察。

　　为揭露敌人的阴谋，教育不明真相的群众，县委决定派县长张笑南亲往涡河北宋庄寨与敌人会见。显而易见，庄思勤提出会见县长张笑南，并非想改恶从善，放下武器向人民投降，而是企图借此机会炫耀自己的武力，让县长见识见识他们的兵多将广，装备充分，以暗中给我们施加压力，威胁我们，让我们采取让步措施，妄图把革命的民主政权从涡河北至惠济河地带挤出去。

　　这一日，他们以迎接县长为名，从冯桥至宋庄寨的道路两旁，会众夹道，枪戈林立，他们个个双目圆睁，气势汹汹，一副耀武扬威的样子。

　　与此同时，县独立团也列阵桥南，严阵以待，随时准备投入战斗。张笑南带一骑兵班前往，庄思勤等一伙反动头目忙到冯桥迎接。双方相见后，先是寒暄一番，握手致意，然后便开始检阅红枪会的队列。

一路之上，张笑南不断以夸赞的口吻说："庄先生真是治军有方啊！看看有多威风！"

庄则接口说："县长大驾光临，应该这样啊！咱们都是老朋友了，不要客气。"

"既是老朋友，为何如此刀枪相见？"张笑南反唇相讥。

"现在情况复杂，"庄略迟疑一下，强行解释道，"为保证县长安全，应该这样。不然，有个三差两错，鄙人可担当不起。"

"那就谢谢庄先生的好意了！"张笑南讥讽地说。

说话之间，他们来到了会场，这时会场里已坐满了会众。庄思勤用眼扫视一下会场，向会众大声介绍说："这位就是张笑南县长。今日，特请县长就红枪会问题，给大家训示。"说罢，两手一推，做出一副恭请的样子。

张笑南听到这儿，向前赶上一步，说道："诸位父老乡亲、弟兄们！今天很高兴能和大家见面。这一次会见可以减少很多不必要的误会。共产党和人民政府完全同意人民群众组织起来，打击土匪及地方上的种种反动势力，反对帝国主义侵略，推翻国民党反动派的专横统治，夺取本来应该属于群众自己的权力，实现'耕者有其田，居者有其屋'。可是，庄先生现在把你们组织起来，说是为了保家、保地、保财产，请诸位想一想，今天所有到会的父老兄弟们，真正拥有土地和财产的有多少？有的即使有一亩二亩的土地，国民党反动派天天派粮派款，出官差，抓兵拉夫，无所不为！看把你们折腾成什么样子了？说的是保家、保地、保财产，难道要饭的篮子、讨饭的棍子也要保？破床铺、烂铺盖，也需要保？"张笑南一口气讲到这里，用眼睛扫视一下整个会场，大家都鸦雀无声了。而庄思勤和他的小头目们不由得交头接耳起来，一个个犹如热锅上的蚂蚁。张笑南稍微顿了顿，继续侃侃而谈："现在，全国性的战略反攻已经开始。蒋介石反革命集团已被我们打得落花流水，溃不成军。你们这次组织起来是要干什么？乡亲们！父老兄弟们！你们完全上当受骗了。你们组织起来，难道是为了和共产党、和自己的子弟兵作对吗？"

张笑南的这番演讲，感动得广大会众交口称赞，并报以雷鸣般的掌声。张笑南将手一挥，说道："受蒙蔽的乡亲们，不要再跟着一些对共产党和人民深怀仇恨的人胡闹了！凡是有良知的同胞，都回家去吧！"

这一声令下，整个会场犹如决堤的河水，向四处涌流而去。霎时，会场走散一空，仅剩下庄思勤和他的几个头目，在那里面面相觑。

（李森　于新豪／整理）

# 傅恒修计除恶霸

你认识他吗？五短的身材，二十多岁的年纪，黑黑的方脸盘，两只炯炯有神的大眼睛永远闪烁着智慧的光芒，一身灰色的土布衣，两把盒子枪斜插在腰间。敌人听到他的名字，就会吓得两股战战。他，就是闻名遐迩、威震敌胆的侦察英雄，十一区区长傅恒修。

1948年，鹿邑正处在天天炮火飞、夜夜闻枪声的敌我拉锯状态之中。联防队、新五军的匪徒们，到处烧杀抢掠，为所欲为。在王皮溜刘大庄，有个大地主联防队头子，人称"胎里坏""活阎王"，此人就是刘英。这刘英为富不仁，劣迹昭著，傅恒修早有为民除害、拔掉城南这颗"毒瘤"的想法，只是苦于无下手良机。

机会终于来了。这是1948年的除夕夜，按照传统风俗，除夕这天晚上，家家户户都要为迎接第二天的新春佳节，好好地庆祝一番。然而，在这兵荒马乱、哀鸿遍野的年头，只有官僚、地主之家，才有欢颜。广大受苦受难的贫民之家，有的尽是愁肠百结和满目悲凉！

这一天晚上，刘英家也和其他富有人家一样，张灯结彩，贴红挂绿，大摆宴席，喜庆佳节。但在这"富有良田千顷，贫无立锥之地"的悲惨世界，党的好儿子，为人民群众翻身解放不惜付出一切的傅恒修，心里装的是人民群众的疾苦。除夕夜即将到来，他想到的不是回家和自己的亲人团聚，而是如何利用这一良机，为民除害，消灭敌人。

傍晚时分，他和几个区队同志商量：在这一年一度的除夕之夜，刘英这家伙一定会回家过年，我们要趁他和家人欢聚的机会，打他个措手不及！主意打定，他们便立即召集全体区队武装集合，在傍晚薄雾的笼罩下，悄悄地出发了。

不出所料，此时刘英正和家人围坐在一张桌子上痛饮团圆酒。傅恒修率区队抵达村庄外围时，早被一个放哨的狗腿子发现。那家伙急忙跑到刘英家，向刘英报告说："我好像看见傅区长带人来了！"刘英听说，霍地一下站起来，急问："多少人？已经到哪儿了？"

"人来得不少，已到寨外南边了。"狗腿子答道。

刘英听到这儿，感到了问题的严重。他看着已经慌作一团的家人，说道："你们逃跑来不及，赶快设法藏起来。"说完，他立即命令集合队伍，带着他们从后脚门仓皇逃跑了。

一会儿的工夫，傅恒修带领区队人马进村了。他们立刻将刘英家的大院包围起来，命一部分战士进院搜查。可是战士们到处找遍，也没搜出刘英，只在床底下搜出了刘英的父亲。这个一向骑在人民头上作威作福、不可一世的老家伙，此刻，在战士们的押解下，抖缩成一团，低眉顺目，嘴里连连喊着"饶命饶命"。

战士们押着他来到傅恒修面前，傅厉声问道："你儿子藏哪儿去了？"那老家伙又惊又怕，低声答道："他跑了。"

"跑到哪儿去了？"

"我实在不知道。"

傅恒修看问不出什么，只得作罢，命区队同志严加防范，密切注意全村的动静。

当太阳带着橘色的红晕，从东方的天际冉冉升起的时候，村民们被告知要在今天早上于村中心一片空场地上召开群众大会。已经得知消息的人们开始交头接耳地议论。那神色，看上去带有令人难以捉摸的神秘感。

很快，人们就都到了，把会场围了个水泄不通。为了会场的安全，傅恒修在会场的周围设置了岗哨，两挺机枪架在傅恒修的两旁。

大年初一就来斗争这个恶贯满盈的老坏蛋，人们对此激动不已，一个个争先恐后、声泪俱下地控诉了刘英父子的罪行。群众大会将结束时，傅恒修向老家伙宣布：限你一天时间，将刘英交出来，否则全家遭殃！

听到这样的决定，潜伏在人群中的几个狗腿子慌慌张张地跑去给刘英通风报信去了。不多时，刘英带人返回了刘大庄。他们刚一接近会场，就开始射击，而且火力很猛。

刘英带回了百余人的武装，而区队只有二十余人。在敌我力量悬殊甚大的情况下，为保存实力，傅恒修亲自掩护区队立即向南撤退。区队在傅恒修的掩护下，很快撤出了战斗。到会的群众一听到枪声，也在区队的保护下，疏散一空。现在唯独留下傅恒修一人，被敌人围困在寨中。

傅恒修趁敌人还未跟踪过来，如飞一般窜过几条胡同，在一个很冷僻的庭院前停了下来。他略一打量，见这个人家深宅大院，杳无人迹，于是飞身进门，向里边一张望，没发现什么动静，抬头向上一看，立刻计上心来。原来这家两节院落，前头一间过道，过道上面是用秫秸编成的顶棚。他略一提劲儿，一个纵身，双手便抓住了一根悬梁。又一折身，便身轻如燕地跃到了顶棚之上。然后忙用手将浮棚上面堆放的杂物重新恢复原状，之后便安然潜伏下来，静候着事态的发展。

大约过了半个小时的光景，只听闹嚷嚷地向这边走来一帮人。领头的大概是个班长，没进门，声音已到："快快快，进去搜这一家。这家房多，要仔细一点，不能让这鬼东西溜掉！"傅恒修在浮棚上听到这家伙说话，心里一惊，以为自己的行踪已被发现。仔细一想，不对，这家地处村庄的边缘地带，又较偏僻，准是敌人搜遍全村，不见他的踪影，只好虚张声势要诈骗术了。想到这儿，他心里又觉得踏实了一点。傅恒修的心里正在盘算着，这群由十多人组成的搜查队已穿过过道，走进庭院来了。只听他们叽叽喳喳，一阵乱叫。随之，听到砸锁的声音、推门进屋的声音、抢夺东西的声音、捉鸡的声音，乱作一团。

他们一伙人在这里大大地折腾了一阵子之后，一个个手里提着衣物、鸡鸭等离去。一会儿的工夫，人就都走光了，剩下一片狼藉。傅恒修在浮棚上暗自庆幸，等敌人一走远，他马上就可以脱离险境了。他刚要纵身下跳，从院里传出两个人说话的声音。傅恒修被这意想不到的情况吓了一跳。

原来，剩下的这两个家伙因没搜到值钱的财物，深感后悔。人们都拿着搜刮到的"战利品"准备离去，他俩还在翻箱倒柜，没有离去的意思。当这两个家伙手提着东西，慌慌张张通过过道时，其中一个家伙仰起头看了看浮棚，阴阳怪气地说："都搜查了，没有什么东西。你看这浮棚上边会不会有东西？"傅恒修听这家伙一说，心里一惊。他立刻作好了战斗准备，心里思忖道：敌人要是真的发现了我，我就开枪，打死一个够本，打死两个赚一个。想到这儿，他趁两个家伙不备，"嗖"的一声从棚上一跃而下。两个家伙还未反应过来眼前发生了什么事，只见傅恒修双腿岔开，两脚着地，对准两个家伙，左右开弓，"叭叭"两枪，那两个家伙立刻手拉手到阎王那里报到去了。

听到枪声，刚离开的敌人立刻又折转身跑回来，情况真是万分危急。就在这千钧一发之际，傅恒修灵机一动，计上心来。他迅即用双手蘸了些敌人身上的鲜血，朝自己的脸上一抹，立刻变成了个红脸关二爷，大声向朝这儿拥来的敌人高喊："快去追！傅区长朝那边跑了！"敌人远远看到他们这位已经受伤的弟兄喊话，深信不疑，又调头向另外一个方向跑去，并且一边跑一边鸣枪。趁敌人慌作一团之际，傅恒修迅速溜进一个胡同，朝着没有敌人设防的方向飞一般地离去了。

脱险后的傅恒修以最快速度在张斌营赶上了区队。战士们见傅恒修脱险归来，好像阔别已久突然重逢的亲兄弟一样，一齐向他拥过来。热闹一阵之后，傅恒修第一句话就问："把那个老家伙带来没有？"

"带来了，"战士们回答，"在后面拴着呢！"

傅恒修兴奋地说："好！今儿就让他回老家去！"

战士们齐声回答："太好了！为民除害，皆大欢喜！"

等大家议定，傅恒修立刻挥笔写了一张布告，把这个血债累累的大地主，拉到群众大会上枪决了。

（李森　于新豪／整理）

# 孙清淮巧辨俘虏

1948 年，淮海战役正在激烈地进行着，地处淮海战役边沿地区的鹿邑人民，纷纷加入了紧张的支前工作。

1948 年 12 月 8 日，鹿邑县政府接到军分区司令部通知：调鹿邑县大队赴永城军分区待命。与此同时，鹿邑县政府还接到通知：国民党孙元良兵团于 12 月 6 日从永城东北李石林一带突围，有向亳州方向逃窜的迹象，要鹿、商、亳一线密切注意敌人的动向。

接到命令，商亳鹿柘县县长孙清淮立即通知县大队，务于 12 月 9 日上午抵达军分区，并号召各区武装民兵迅速组织行动，随时准备歼灭在战役中突围溃逃的敌人，并号召全县人民群众，密切配合，日夜巡逻，加强防范。待送走县大队武装，在芦庙子处理完敌人俘虏诸事后，孙清淮县长在两名骑兵的陪同下，走回枣子集。

这时，晨曦初露，笼罩着整个豫东大地轻纱般的薄雾在渐渐地消散。远方不时地传来大炮的隆隆声，一辆辆满载着辎重的牛车、马车、人力车正赶往淮海大战的前线。孙清淮看着这一幅幅动人的景象，他那由于彻夜未眠而睡意惺忪的双眼一下子又充满了激情，在马上轻轻地哼起了小调："解放区的天，是明朗的天……"走到王天乙庄附近时，迎面走过来一群人，为首的是张集区三台楼民兵排长王克进。当走近一些的时候，孙清淮才看清楚这些人正押解着两个反剪双手、百姓打扮的人朝他们这个方向急匆匆走来。

"报告县长！"王克进一个立正，敬礼，望着已在自己面前停下来的三匹战马，向孙清淮报告说："我们在肖村巡逻时，抓到两个国民党的逃兵。"

只见这两个逃兵一个四十多岁，身材魁伟，面色红润，身体营养很好，身穿一件又脏又旧的蓝棉袄；另一个三十多岁，身穿有好多破洞又露出棉絮的灰棉衣，两人的衣服都很不合体。孙清淮看到这里，心里微微一怔，问道："你们两个是干什么的？"

"报告县长，他姓唐，在团部当军需主任。我姓王，在连队当司务长。"年轻一点的很干脆地回答。

"唐先生，你不觉得你们今天的化装术太蹩脚了吗？"孙清淮不动声色地这么插上一句，搞得两个敌人不禁心头一紧。这时，孙清淮已看到这个微妙的变化，心里早明白了几分。可他故意深藏不露，又不动声色地向两个随行的骑兵说道："咱们一道走吧！"

不到两个时辰，一行人来到了枣子集。孙清淮先命卫兵将这两位"客人"暂押下去。午饭期间，孙县长特意备了几个小菜、一壶酒，请两位"客人"赴宴，又请组织部长郑道宗同志出席作陪。席间，孙清淮谈笑风生，洞察幽微。那个自称司务长的敌人除偶尔小心翼翼地插上两句话，那位"军需主任"始终缄默不语。

当孙清淮谈到国民党，谈到眼前这场战争，谈到国民党的腐败无能、卖国行径时，那位"军需主任"再也忍耐不住了。他激动地说道："我们承认国民党的腐败无能，战争也已成败局，但要说我们投靠美国，丧权辱国，在下却无法苟同！"

言谈话语之间，孙清淮同这两个"客人"展开了热烈的辩论。从战争到形势，从国外到国内，从哲学到政治……辩论之中，孙清淮发现，这位不同寻常的"军需主任"学识太渊博了。他暗暗想到，是时候了！于是他话锋一转："国民党四十七军副军长李嘉英已被我们俘虏，不知二位认不认得他？"

这一招果然奏效。听了这话，只见"军需主任"为之一惊，那位"司务长"差点儿离座站起，这一切都没逃过孙清淮的眼睛。这时，一个很有把握的判断在孙清淮的脑子里开始形成，眼前这俩人不是敌方高级特务，就是敌方高级军官！

第二天，孙清淮即派遣黄指导员率一个排的兵力押送这两个"特别俘虏"到永城，交军分区司令部处理。他在给地委书记、军分区政委寿松涛的信中写道："……此次押赴军分区候处的两名被俘虏者，有可能是敌方高级特工人员或高级将领。请专门组织人员严格审查，万勿轻易释放。"

果然不出所料，经军分区严格审查，并经有关被俘敌军辨认，那位"军需主任"，原来是国民党第四十一军中将军长胡临聪，而那位"司务长"则是国民党的一个工兵营长。

（李森　于新豪／整理）

第五辑

鹿邑酒的民间传说

# 宋河酒的由来

从前，有一座山名为隐阳山，此山连绵千里，峰高万仞，苦县县城就坐落于隐阳山阴。由于这座高山的阻碍，苦县不仅交通闭塞，与世隔绝，而且终年不见天日，庄稼不生，牛羊不长，饥民盈道，民不聊生。

老子生在苦县，学于真源，自小即有除去此山的夙愿。一日，老子与几位朋友推杯换盏，谈古论今，不觉夜半，由于贪饮了几杯，返家途中，昏昏然不知所以，只觉头重脚轻，脚下一绊，身子扑倒在一块巨石之上。

朦胧中，老子忽听有人呼喊："老君赶山啰！"老子睁眼一看，乡亲们扶老携幼，向北狂奔，眨眼之间人迹皆无，老子眼睛一亮，"是否上苍遣我搬山？"。想到此，他顿觉精神倍增，神力无限。

于是老子舞动长鞭，奋力一挥，只听山崩地裂，火光万丈，隐阳山顷刻间断为三截，再挥两鞭，只听山呼海啸，两截飞向西北，一截直取东南，落于西北处成了太行山和王屋山，东南处那截成了南岳衡山。由于用力过猛，老子的钢鞭断作两截，一截落入东海，成了定海神针，一截戳于脚下，至今仍立于老君台前。

话说老子将隐阳山除去之后，便离开了苦县，一边游历名山大川，一边传播道教文化，一晃就是数年。忽一日，他一觉醒来，总觉心神不宁，坐立不安，突发思乡之情。于是他便驾青牛，驱白鹭，踏着紫气，一路由西岳华山归来。哪知刚进苦县边界，便被眼前的景象惊呆了。原来，鹿邑近年久旱不雨，土地干裂，庄稼枯死，尤其枣集一带本来就是十年九荒，何况遇此大灾。

当地百姓深信老君神灵，正磕头跪拜，乞求老君保佑，遍洒雨露，普降甘霖。见此情景，老子心急如焚，急命青牛下界帮忙。青牛十分理解主人心意，用牛角在黄、淮之间犁出一道沟来。然而，当时黄河已经断流，唯独老子当年出生时沐浴过的九龙井中尚有一缕甘泉，他便用自己的酒壶盛来九龙井水倒入沟中。顷刻间，一条清澈如泉涌、醇美似甘霖的河水呈现在枣集百姓面前。

枣集人饮用此水后，青春焕发，容颜不老；用此水浇地，地肥苗壮，五谷丰登；用此水酿酒，醇似甘露，味比琼浆！

原来老君在盛水时，匆忙之中忘记了自己酒壶中还有几口酒没有喝完，便一股脑都倒入水中，河水也因此醇香无比。这条河从此就被人们称为"送河"，意为老子所赠也。由于"送"与"宋"谐音，宋太祖赵匡胤下令将"送河"改为"宋河"，流传至今。

今天，老君台上的大殿中有副对联写道："一片绿波飞白鹭，半空紫气下青牛"，记载的正是这段故事。

后来鹿邑当地有俗语云："天赐名手，地赐名泉。枣集美酒，名不虚传。"后来，"枣集酒"又被鹿邑人改称为"宋河酒"。

由唐至宋，宋河历经数次人工开挖，已成为由开封通向淮河的重要黄金水道。平日里千帆竞发，商贾如流，"宋河酒"也由此出发，装船入京，远销各地。

北宋著名画家张择端还特意将当时的运酒情形绘入了《清明上河图》，有心人可以细观此图，那一船船、一担担的宋河酒还没进入汴京，便被人抢购。

（李森／整理）

# 枣集酒的由来

鹿邑在春秋时代叫苦县，隶属楚国。据历史记载，老子在县城东北隅飞升成仙，一气化三清，飞升三十三天，居住于离恨天兜率宫，负责主宰三界道务，被奉为道教始祖。

却说有一日，老子在上界感到坐立不安。他掐指一算，乃是故土遇上百年大旱，事不宜迟，老子即刻驾祥云直奔故土而来。老子从紫气红雾之中降临苦县，旁有白鹤盘旋相伴，上有祥云缭绕遮日。

老子下界后化身成一白发老者。行至枣集，老子一路风尘、气喘吁吁、口渴难忍。想以往，这儿酒肆林立，酒香扑鼻，若能在此讨杯水酒，该是多大的快事。想至此，他加快步伐往前行。老子只顾低头奔走，不料和一位拎水壶的老汉撞了个满怀。

老汉问："老哥，何事如此匆忙？"老子答道："想去往前面的村镇讨杯酒喝！"老汉听后，重重地叹了口气，往前一指，言道："讨酒喝？你看！"老子顺着老汉所指的方向一看，也不由得倒吸了一口凉气，只见原先的酒坊十有九家关门闭户，门前的酒幌被尘埃遮盖，满眼都是冷冷清清的样子。老子于是问老汉："老弟，天气这般炎热，不在家歇息，出来干啥去？"

"我呀，给我那在田里犁地的儿子送水去。"

老子听至此，正准备开口相助，但不知众乡亲在灾荒之际，是否还具备乐善好施的美德。他灵机一动，说道："老兄，我是外乡人，也帮不上你们的忙，可我现在饥渴难忍，能否给点水喝，也好救老夫一命？"老汉闻听此言，二话没说，慷慨大方地倒出一碗。老子接过水，一饮而尽，又要，老汉索性将水壶都给了他。老子也不客气，又一饮而尽。喝过之后，老子说道："那你儿子怎么办？"老汉答道："家中还有水，待我回家再去取。"老子言道："我现在精神好多了，我和你一起回家取水，如何？"老汉欣然同意。

二人提水来到村西，找到正在田里挥汗如雨的老汉的儿子。那个儿子接过水，却请两位老人先喝，老子见此，由衷赞叹："美哉，苦县民风！"之后，他对老汉的儿子说："你的犁耙借老夫一用。"只见，老子一犁耙下去，一条波涛汹涌的大河出现在老汉父子面前，河水银花飞溅、清澈透亮，阳光之下，河面闪闪发光，似碎金一般。尝之，河水甘甜无比。老汉父子目瞪口呆，继而欢呼雀跃："水来了，水来了！"

父子二人转身寻找扶犁之人，只见半空中一白发老者骑着青牛微笑回首。父子二人明白了一切，扑通跪倒在地，仰天高呼："老君爷，您是俺们的救命恩人啊！"

老子赐河在村西，闻讯而来的枣集人，黑压压跪倒一地。半空中，老子骑青牛拱手，给乡亲们留下两句话："送给乡亲们一条河，用此水酿酒，千杯不醉；用此水浇地，可保来年风调雨水。愿乡亲们五谷丰登，多酿美酒。"言毕，骑青牛西去。

众乡亲遵照老子所嘱，开始酿造美酒。果然是天赐神泉，用它酿出的美酒，甘甜清冽，醇香悠远，品质纯净，一时间，枣集酒名声大振。

（李森／整理）

# 酒香飘十里，不饮亦醉人

有人说："鹿邑美酒琼浆，喝上一盅三日香。"这句话并不夸张，鹿邑酒不但像琼浆玉露，醇醇味美，而且窖香芳浓，绵甜纯正。只要喝上一口，就余香绕喉，三日不散。但是，人们只知道鹿邑酒特别好喝，并不知道这酒的由来，说起来还有一段传奇故事哩。

相传在很早以前，鹿邑城北枣集镇上住着一位赵员外，他家有良田百顷，财产万贯，膝下儿孙满堂，在枣集镇上算是一位福禄双全之人。他虽已年过七旬，仍然是鹤发童颜，红光满面，眼不花，耳也不聋，说话声音洪亮，走路健步如飞，看上去好像一位仙山道长。有人向他求教长寿秘方，他捋着胡须乐呵呵地说："没什么秘方，我就是平时爱喝几盅酒。"

其实，他的确生性好喝，嗜酒如命，整天手不离壶，嘴不离盅，一日三餐顿顿都离不开酒，所以他经常会派一个叫赵祥的小伙计到酒坊里去给他打酒。而这个赵祥也是个馋鬼，他每次在打酒回来的路上，都会忍不住先尝两口。时间长了，他也就慢慢地染上了酒瘾。可是，赵祥家里穷得叮当响，哪里有钱买酒喝呀，只好在给主人打酒回来的路上，抓着酒葫芦偷偷地过瘾。

有一次，他留不住劲儿，一下子喝得太多了，葫芦里的酒只剩下了一半。这回去可咋向主人交代呢？赵祥在路上作起难来。就在这时，他突然发现路边有一个水潭，水虽不多，但清澈见底，赵祥眼睛一亮，计上心来，他快步跑到潭边，用潭水把酒葫芦加了个满。

赵祥提心吊胆地把酒葫芦交给了赵员外。员外喝了这酒，不但没有怪罪赵祥，而且还夸这酒好喝，说今天打的酒比以往打回来的酒都香。从此，赵祥就大着胆子喝起来。他喝的酒越多，不用说，半路上加的潭水也就更多，而赵员外还一个劲儿地夸酒香。赵祥也纳闷儿了，他心想，自己明明加了那么多的水，员外咋还说越喝越香呢？是不是员外年老了，味觉不好使了呢？

有一天，刚刚喝过酒的赵员外兴致很高，就把赵祥叫到跟前说："赵祥啊，你给我打了这么多年的酒，不知什么原因，近来打的酒一天比一天好喝，今天你领我去那家酒坊看看，他们有什么秘诀，能把酿得酒这么好喝。"听员外这么一说，可把赵祥吓坏了，主人的脾气他也知道，无可奈何之下，只好说出了实情。

哪知赵员外听了不但没有生气，反而感到稀奇，便要赵祥立马领他找到那个水潭，他要亲自尝尝那潭里的水。

等赵祥把赵员外领到潭边，一尝潭水，果然如酒一样绵甜可口。

赵员外看到天赐酒泉，就带着全家人弃农经商，在潭边建起自己的酿酒作坊，取名赵记老酒坊。他们取潭中的水和小麦、大豆、高粱等为原料精心酿制，发现比当时市面上其他酒的味道更加香醇。结果赵记老酒坊很快生意兴隆，财源滚滚。

后来，当地商家也纷纷到此潭水周边建造作坊，最盛之时，全枣集镇上的酒坊多达十八家，被当地人称为"十八家老糟坊"。他们生产的佳酿销遍全豫，甚至远至鲁、皖、苏、鄂等地，并有了"酒香飘十里，不饮亦醉人"的美誉。

也难怪枣集人不论老少妇幼皆擅长饮酒、品酒，且个个都是海量。外地人来此会客、饮酒，跟当地人斗酒时无不大败而归，他们不得不被枣集人的酒量所折服，于是又有了"枣集到处飘酒香，麻雀也能喝四两"的民谣。

可能人们会问，那潭里的水为啥会有酒香呢？当地还有一个传说。说有一次，八仙之一的铁拐李去参加王母娘娘的蟠桃会，离开时偷偷地装了一葫芦天宫琼浆带回了下界。行到鹿邑的枣集时，他只觉口渴难忍，寸步难行，忽见路边有一潭清泉，就急忙来到泉边饮水解渴，却不慎将酒葫芦滑落水中，因潭水较深，他费尽周折也没能捞出来。

从此，这一潭水就变味了，而赵祥加水之处，正是铁拐李掉进酒葫芦的那个潭，并且这个潭底的泉又和水质优良、清醇甘冽的古宋河相通。

今天，坐落在鹿邑枣集镇村北的宋贡酒业就位于古酒坊的原址上，他们取古宋河之水，结合现代工艺，酿制出宋贡、犹龙世家、枣集、黄河南岸、小保姆等几大系列酒，堪称香飘中原，名扬九州。

（李森 / 整理）

# 枣集酒助老子通玄关

春秋时期，一个新生命诞生于楚国苦县的曲仁里（今鹿邑太清宫），这个孩子就是以后名满天下的道家创始人——老子。据当地传说，他出生时紫雾满天，可谓奇观。

老子出身富户，自小有着相对优越的生活条件，而不必参加稼穑，能够接受良好的教育，并有更多的时间思考。他的话不多，但是不经意间吐露出的只言片语，却总能让人参悟半天。曲仁里的乡亲们十分佩服这个青年，认为他前途无量。

可是老子不求宦海腾达，亦不为稻粱谋，他的所思所想，是一种外人看起来玄之又玄的"道"。道是什么？他那睿智的大脑一时也不能完全想明白。

那一年的三月，草长莺飞，杂花生树，已经三十多岁的老子，在家乡河畔的小树林里散步、冥想，想得头都有些痛了。他吩咐家丁："去打些枣集酒来。"酒打来了，刚一开坛，异香扑鼻。那枣集酒乃是枣集本地人自酿之酒，以青苞谷为料，配以甘冽泉水，几经甑蒸、发酵而成。和当今各类白酒相比，工艺自然落后，度数也不高，但自有一种纯朴的乡野风味，口感之佳，比起今日之酒类恐怕有过之而无不及。枣集以其乡人擅长酿酒，在周边的十里八乡也很有名气。

老子饮了一碗，心中赞道：这酿酒之人，不也是人中龙凤吗？术业各有专长，能酿出如此美酒者，也算是酒中宗师了。

老子饮了数碗，不觉微醉，面红耳热。于是他手持树枝，在地上写了一个斗大的"道"字。"道，可道"，他继续随意挥洒，"非常之道"。如同一道闪电击穿他的心扉，猛想间，他似乎想到了什么。道是什么？道法自然！"一生二，二生三，三生万物。"老子的心智完全被打通，思想激扬澎湃，不禁手之舞之，足之蹈之。

曲仁里的渔人路过这里，看到平素的谦谦君子老子如此放浪形骸，心下不免诧异，但是看到他兴高采烈的样子，又不敢打扰他。他们哪里知道，老子已经突破了心智的极限，跃升到了一个更深邃的层次。

为什么清醒时的老子没有想通的道理，却在酒醉之时豁然开朗？有些人曾有过这样的体验，人在睡梦中时脑神经仍在运动，白天搞不懂的事，在梦中却有可能找到解决之道。老子的情况便是如此，人饮酒后，情绪会更放松，而在枣集美酒的刺激之下，已略显麻木的神经又活跃开了，于是他便突然想通了。这是一个"渐悟"到"顿悟"的飞跃，可以说，枣集酒在其中起到了一种催化剂的作用。

夜色降临，老子仰望渺渺星空，探寻宇宙之奥秘；清风徐来，老子俯视脚下土地河流，洞察人世之纷扰。学究天人的老子，这一晚，站成了一棵树。

（李森／整理）

# 孔子、老聃与枣集美酒

公元前 521 年，老子 51 岁。似乎冥冥之中自有安排，那一年，在一个叫作沛的地方，他与周游列国的孔子相遇了。

孔子当时刚过而立之年，意气风发。老子见到孔子，问："先生，你意欲何往？"孔子谦逊地答："在您面前，我是无论如何也不敢称作'先生'的。"

老子哈哈一笑道："你是当世之大儒，我这样称呼你有何不妥？"几句话一过，两人便有惺惺相惜之意。孔子力劝老子开坛讲课，老子一笑了之，未置可否。

作别后，老子望着孔子远去的身影，微微颔首："你是入世之人，而我是出世之人，我们的志趣不同啊！"语调中有一些惋惜和感叹。

这次邂逅，孔子深为老子的博识多艺所折服，他心中同时存有一个疑问：像老子这样的经天纬地之才，为何不治国齐天下，偏要做个隐者呢？他深为老子惋惜。

中国古代两位最伟大哲学家的这次相遇，实则是两大教——儒教与道教的初次碰撞。这为孔子以后问礼于聃的佳话埋下了伏笔。

公元前 502 年，孔子到周朝的东都任邑宰，用现今的话说，就是当了一县之长。上任伊始，他发现当地民风不正，礼崩乐坏，富者欺行霸市、鱼肉乡里，平民笑贫不笑娼，丑恶现象屡见不鲜，社会急需整饬。于是，他想用业已湮灭的周礼来教化民众，便决定专程去向老子问礼。

这时的老子在周朝京都（今洛阳）任官，据《史记》记载，老子的官是"周守藏室之史"，正是主持周礼的恢复与修订工作的。那时，他已经 70 岁了，须发俱白，但因知晓怡养之道，依旧身轻体健。

这年八月的一天，风和景明，老子正在家中整理典籍，门外来了一位黑须儒者和一壮年汉子。不用说，这是孔子来拜访了，壮年汉子是他最心爱的弟子子路。

虽然二十年未见，但老子一眼就认出了孔子，忙惊喜地问："先生前来有何见教？"

孔子揖手道："'先生'绝对不敢称。我这次来是向先生学习周礼的。先生有所不知，在我的治区内，民风败坏，我欲以礼教之，但对周礼认识不全，先生可否赐教？"

于是两人坐而论礼。从什么地方问起呢？孔子看到屋内有一酒壶，便问道："我想请先生说说，乡上人饮酒，应该遵循哪些礼节？"

"这个吗，"老子说，"说好说不好，我且来试试。先说筵席上的人数和设置吧。眼下，乡上人饮酒，一席人数很不固定，多少不一。我认为周礼中所说的一席八人为好，有其道理。一席之上，要设两个表示最崇敬的位子让宾客坐，此座位算作自然中的天；设两个较次一点的位子，让两个主要的陪伴者来坐，这两个陪伴者叫作'介'与'僎'，好比自然界中的阳与阴；设三个位置再次一点的位子，让三个叫作'众陪伴'的人坐，这三人好比是自然界中的日月星，也叫三光；最次的一个位子，是主人坐，这个位子好比是自然界中的地。这样八个人，就组成了一个自然界，合乎天的规矩，最为适宜。按古籍上说，那就是，'立宾以象天，立主以象地，设介僎以象日月，立三宾以象三光，古之制礼也'。至于说宾客刚到之时如何对他们礼让接待，古籍上也说得清楚，'主人拜迎宾于庠门之外，入，三揖而后至阶，三让而后升，所以致尊让也；盥洗扬觯，所以致洁也；拜至，拜洗，拜受，拜送，拜既，所以致敬也。尊让洁敬也者，君子之所以相接也'。这些，你一听便懂，我不必多说。做到这样的尊让洁敬之礼，人们就会不争斗，又热情，安乐和谐，天下太平。按古籍上说，那就是，'尊让则不争，洁敬则不慢，不慢不争，则远于斗辩矣。不斗辩，则无暴乱之祸矣。斯君子之所以免于人祸也'。"

孔子又问："饮酒过量算是无礼吗？"

老子沉吟半晌，道："是啊，但是也有例外。以我为例，曾经饮酒过度，但并未伤身，反而对我的研究有利。"

"先生饮的什么酒？"两人越说越投机，谈话的内容也越来越家常。老子说："在我的家乡枣集产有一种酒，味道甘美。这样吧，时已近午，不如我们边吃饭边谈论。前些日子，家乡有人来东都，为我捎了些枣集酒，今日当与你共饮。"

孔子的老家在曲阜，那里也是酒旗高挑，饮风甚炽。孔子周游列国之时，常被恭为上宾，各地佳酿也品尝了不少，但这枣集酒，虽早有耳闻，却未能一见，更难得一品，于是欣然留下。

席上，酒坛一启，浓香扑鼻，端的是未品佳酿，人已醺然。孔子饮之，觉得不似以前所饮之酒，入口甘甜绵软，气味香醇，沁人心脾，连赞："好酒！好酒！"

席间，孔子又向老子提出好些有关周礼的问题，让他解答，如祭祀礼、朝拜礼、婚礼、丧礼、聘礼、燕礼、冠礼、射礼、亲友来往礼、男女授受礼，甚而至于经商买卖礼、街巷外众礼等。老子一一做了准确、明白、生动而圆满的答复。孔子认真听着，心满意足，如愿以偿。

谈兴借着酒兴，酒兴助着谈兴，这顿饭几个人吃了一下午，喝了整整两大坛酒。眼看红日西沉，孔子起身作别，再看子路，步履踉跄。唉！贪杯的子路又喝多了，孔子也无心去责备他，因为他虽然表面清醒，其实也醉得一塌糊涂了。

二人上路，行至途中，清风徐来，酒意上涌，孔子、子路不胜酒力，敲开路边一户农家的柴扉，想借宿一宿。谁知直到第三天两人都没有完全醒过酒来。

当孔子与子路终于醒来时，孔子长叹一声："美哉！枣集酒。然唯酒无量，不及乱。"这句话既表达了孔子对枣集酒的赞誉，同时他也深深地自诫：以后再也不能喝这么多酒了。

而枣集酒，因醉倒孔子三日，更是声名大噪。

（李森／整理）

# 孔子师徒酒醉枣集

春秋时期，百家学派纷纷自立，学术争鸣十分激烈，门户之间的攻讦时有发生。然而，儒学的创始人孔子却没有如此偏见，老子虽然是与儒学双峰并立的道家代表，但由于孔子十分仰慕老子的名声和才学，依然和学生子路一道千里迢迢、风尘仆仆地由曲阜学园前往苦县（今鹿邑县，老子的故里）拜见老子。

这天，孔子师徒驱车来到苦县。两人一进入县境，便有异香频频飘来，孔子大为惊诧，认为此地一定有上等美酒佳酿。疑惑间，已经到了枣集村，孔子师徒眼看天色将晚，便在村东的一家客栈寄宿。

夜里，月色空明，晚风习习，枣集村的酒香阵阵袭来，芳香沁人心脾。于是，孔子师徒酒兴大发，心情亢奋不已，辗转不能入寐，孔子随命子路前去沽酒。片刻之后，子路从枣集村沽酒归来，师徒二人如获至宝，便开怀畅饮。因为枣集的酒香醇宜人，甜美非同一般，师徒二人的酒兴便一发而不可收，直喝到夜阑更深，月沉西天，以致最终酩酊大醉。

第二天，日高三竿时，师徒二人仍然神态蒙眬，醉意

犹存，但身心却感到异乎寻常的愉快，似乎经过了神明的超度而达到了天人合一的境界，孔子为此大为感叹："美哉！然唯酒无量，不及乱。"就连同一向谨言慎行、唯礼是从的孔圣人也没有经得起枣集美酒的诱惑。

自此，孔子酒醉枣集一事，也成为一段千古佳话。

（李森/整理）

# "皇封祭酒"的由来

据说，宋河美酒成名于天下，和当年老子挖泉有很大关系。

一年夏天，老子在县北的枣集教徒弟们烧砖。大家累得满头大汗，口干舌燥。一个徒弟取来宋河水奉至老子面前。老子见水浑浊，不堪入口。于是他拿起大锨，在宋河边上挖了几下，只见有清泉瞬间涌出，众人连忙取水品尝，清凉甘甜，略带酒香，饮后令人神清气爽。

后来，十里以外的人都来这里取水。枣集人则用这个泉里的水酿酒，其酒醇香浓郁，入口甘甜，成为远近闻名的枣集酒。

据传，到了隋朝末年，瓦岗寨结拜的"十八家兄弟"为截杀南巡的隋炀帝杨广，经常在鹿邑县北枣集一带活动。当时，鹿邑枣集的酿酒作坊已有60多家。一次，"十八家弟兄"在枣集附近的贾家楼聚会时，喝了枣集佳酿，一致称赞说："东奔西走，难喝枣集好酒！"酒后，他们商定要给大哥魏徵的父亲坟旁栽柏树，以示孝意。

不料，因为他们都醉意蒙眬，不但柏树栽得不成行，而且还错栽到商代元圣伊阿衡（伊尹）坟上。直到现在，当地还流传着"倪家坟，魏家林，柏树棵棵说不清，只因好酒醉了人"的顺口溜。

如今，柏树和坟丘都已成为当地的文物。再看那些柏树，也已长成合抱大树，当地的人们都称它们为"醉柏"。

据历史记载，唐高祖李渊登基后，想追溯一位有名望的古人为远祖，以便抬高身价，有利于统治，便尊老子李耳为自己的祖先。唐高宗李治在乾封元年（666年）追封老子为"太上玄元皇帝"，并敕建紫极宫，又在天宝二年（743年）将其改名为太清宫。

太清宫在鹿邑县城东10里，传说玄宗皇帝李隆基曾几次驾临鹿邑太清宫谒祭老子。他每次前来都要用枣集的酒设奠致祭，因此枣集的酒，也被人们称为"皇封祭酒"。

到了宋朝大中祥符七年（1014年），真宗皇帝赵恒也驾临鹿邑太清宫朝拜老子，并且也指名要用枣集酒来设供。因此，在唐宋两代，枣集酒便已成为皇家祭祖的指定用品。

据历史记载，太平天国将领李开芳、林凤祥，奉天王洪秀全之命，领兵数万，渡江北伐，于清咸丰三年（1853年）六月攻占豫东重镇商丘。李林二将的指挥部在进攻商丘前夕，驻扎在离枣集二十里外的马厂集。夜间，清风徐来，将士们嗅到一阵酒香，李林二人经询得报，枣集有好酒，于是，他们命部下买来痛饮，不知是他们中的哪一个，酒后还写了一首七言绝句，用以夸赞枣集的好酒。诗云：

> 美酒飘香二十里，
> 金戈铁马壮我行。
> 弟兄痛饮枣集酒，
> 定教天下属太平。

从此，枣集的酒被群众赞为：酒香二十里，天下属太平！

（李森／整理）

# 老子炼丹余液入宋河

公元前486年，老子86岁，他因年事已高，不愿在朝中为官，便告老还乡了。

归隐田园后，老子布衣粗食，植菊饮酒，对于这样散淡的生活，老子很是满意。但令他烦恼的是，一些老年病缠上了他，眼花、耳鸣、腿脚不利索，胃口也大不如前。幸而有家乡的美酒，每日饮上一些，通络活血，对他的病症有所缓解。

后来，老子决定炼一些丹药，用以祛病健身。

在家乡的河边，他盖了一座炼丹室，支起了炼丹炉。他炼丹所选用的主要原料是中草药，配以对人体有益的矿物，这样炼出的丹对人体大有裨益。

而后来的众多术士却误入歧途，采用硫黄、金属汞等炼丹，妄图长生不老，结果反而中毒，一命呜呼。这导致炼丹之术为人们所诟病，他们的做法其实是与老子背道而驰的。

老子炼制的这些丹药，药香沁人，服之身轻体健，诸病皆消。那时，曲仁里上门求药者几乎踏破了门槛。丹药虽来之不易，但老子也不吝啬，你一颗他一颗，总能叫来者欢欣而去。于是，他的炼丹室里炉火经常是日夜燃着。

炼丹的余液源源不断地排入河中，竟使河水也有了一丝淡淡的药香味。河下游的居民，长期饮用这些药水，居然也百病不侵，真是让人啧啧称奇。沿河岸的村庄，也成了当时有名的"长寿部落"。因这有奇效的河水乃是拜老子所赐，人们便将这条原本不出名的河取名为"送河"，取其谐音又叫"宋河"。

老子炼丹处的下游不远便是枣集，这里的乡人擅长酿酒。有一位姓孙的酒匠，颇具生意慧眼，看到枣集酒很受欢迎，便把家酿之酒拿来出售。他不断进行技术创新，终于开了一家大酒坊，对枣集酒的生产工艺作了一定的规范，使之有了一个可操作的标准，酒的质量趋于稳定。因为是批量生产，他的酒又好又便宜，很快就吸引了大量客人。

孙酒匠尝到甜头，精益求精，四处寻方，最终从秦中请来一位姓吕的商人。这吕姓商人，世代经商，富甲天下，能请来他当真是大不易。在枣集，他痛饮佳酿，临别之时对孙酒匠说："你这是守着金山不知用呀。"孙酒匠道："愿闻其详。"吕商人说："首先这酒的名字得改，天下人知枣集者寡，闻宋河者众，此酒若叫宋河，一定可以更有知名度。其次，这酒乃老子炼丹之水所制，曾醉倒孔子三天，这样的传奇应大力宣扬，保你的枣集酒声誉日隆，财源广进。"

真是"听君一席话，胜读十年书"，乐得孙酒匠直呼妙计。从此，孙酒匠便把酒坊所酿之酒称为"宋河酒"。果不其然，很快他的酒坊前就冠盖云集，车水马龙，上至达官贵人，下至乡野村夫，蜂拥而来，争购宋河美酒。一传十，十传百，宋河酒名声大振。

眼看孙酒匠财源滚滚，一些外地酒坊主不免眼红。他们用重金贿赂了孙家酒坊的酿酒师，只为求得宋河酒的酿制秘方，但始终制不出如宋河一般的好酒。这些酒坊主终于明白：自己缺的，不是技艺，而是那宋河水啊。经现代技术检测，宋河水含有多种对人体有益的矿物质，水质甘甜，是不可多得的酿酒用水。

史云："春秋无义战。"时值春秋末年，战乱纷起，人民背井离乡，颠沛流离，这在客观上也促进了人口流动和民族融合。在一次次的人口迁移中，宋河酒传到了各个诸侯国。那时，各国文字、货币、度量衡尚未统一，但人们对宋河酒却是一致好评。

（李森/整理）

# 老子悬酒出函谷

老子在家乡炼丹、饮酒，日子过得逍遥自在，但对于著书立说一事，却懒得动笔。"大智不辩"是他一贯的思想，在他看来，只要把事情想清楚了，写不写出来都是无所谓的。

老子活了多大年纪？《史记》上记载是161岁，有人又称其活了200多岁，但不论哪种在今天绝对已是长寿冠军了。

老子在家乡生活了百余年，终于有一天，他决定出去走走。曲仁里的乡人们竭力挽留他。老子微微一笑："天下之大，哪里不是家呢？"于是，须眉尽雪的老子，如若神人一般，骑一青牛，拎一壶丹，悬几坛酒，翩然而去。

过函谷关时，老子遇到了关令尹喜。这尹喜也是好道之人，久闻老子大名，劝他说："你将要隐居起来了，请尽力为我著书吧。不然，先生的思想怎么能让后世得知呢？"于是老子就在此著述了《道德经》上下二篇，谈论"道"与"德"之意，共计5000多字，然后便离去了。谁也不知他最终去向何处。

以上这段文字，记叙的是老子著书的经过和原因，见于《史记·老子列传》。

200年后，一位青年才俊在读过《道德经》后，顿觉晚生了200年，他就是庄周。

庄周是宋国蒙（今河南商丘东北）人，他的家距老子的出生地不远，于是他决意到老子家乡探求前辈的足迹。

斯人已去，唯留遗址。庄周在老子炼丹处盘桓数日，默读《道德经》，痛饮枣集酒。一日酒醉，酣然入眠，庄周梦见老子骑青牛似在不远处，急忙去追，至一桃花谷，人却杳如黄鹤。但见谷内桃花盛开，有蝴蝶上下翻飞。庄周定睛一看，发现有一只蝴蝶竟是他自己。"我不是明明在这儿站着吗？怎么成了一只飞着的蝴蝶？还是那只飞着的蝴蝶就是站着的我？"梦中的庄周迷失在蝶舞花香中。

一觉醒来，庄周立在河边，呆若木鸡，他顿时悟到：道，就像一只飞舞的蝴蝶，空灵，自然，不拘于形，不累于物。对于庄周的河边悟道，后世有诗云："庄周晓梦迷蝴蝶。"

《史记》记载，庄子只在年轻时做过漆园吏的小官，后曾拒绝楚威王的宰相之聘，游学于齐魏诸国，终生不仕。他的怪诞举止，在世俗之人看来固然不可理喻，但是与他的思想基础联系起来，也就不足为怪了。

（李森/整理）

# 张氏枣集酒的故事

宋河粮液是中国十七大名酒之一，先后获得多项殊荣，但它为什么诞生在地处偏僻的豫皖交界处的枣集镇呢？宋河粮液的前身又叫什么名字呢？让我们揭开尘封的历史，去发现一个不为人知的故事。

在枣集古镇有一首流传已久的民谣：

枣集镇，出好酒，
好酒出在东门口。
东门口有个张老九，
张老九酿酒天下走。

原来，枣集古镇城墙高大，建有四门，但没有正南门、正北门。可想而知，四门没有建在中轴线上，当时称西北门、西南门、东南门和东北门。四门各建在距离南围墙及北围墙的300米处。东北门也称东门，乃张氏聚居地。张氏家族于此世代酿酒，代代相传，生生不息，因而此地被称为"酿酒圣地""醉人之府"。

历史上的枣集是河南的重镇、要镇、大镇，不但历来是兵家必争之地，更是商家云集、宾客往来的商埠。这里酿酒业发达，作坊林立，蒸烟缥缈，酒香四溢，有"开坛十里使人醉，隔天打嗝也来香"的美誉，深受北京、南京、上海等地顾客的欢迎。

利用宋河的水路便利资源，枣集人用白蜡条编织的酒篓盛酒，上写"枣集酒"朱红大字，装船上岸，源源不断地运往中国南北各大城市。正所谓——

> 北纳齐鲁东邻皖，
> 南望楚国真源县。
> 美酒飘香家门过，
> 醉倒宋河万里船。

1966年，鹿邑县人民政府为了挖掘文化遗产及张氏悠久的酿酒技艺，许多酿酒技术研究者肩负着人民的重托，不辞辛苦，追根溯源来到了这里，他们利用得天独厚的古井地下水（古井不复存在，现有遗址可循，位于水塔西约7米处），聘用被张氏传人称为"酿酒之神""造酒之仙"的张殿洋、张殿伦作技术指导。于是不久之后，绵甜净爽、浓香型白酒重现人间。

宋河水悠悠流淌，张氏酿酒技艺源远流长，枣集优越的自然条件，加上独特的酿酒技艺使枣集酒玉香天成，独具风格。宋河酒能驰名中外，走向辉煌，不能不说是历史留给枣集人民的巨大财富。

（李森　张家田／整理）

# 李耳酿酒的故事

相传，年轻时的李耳以酿酒为生。他酿的酒能舒筋活络、祛风御寒、消愁解忧，而且价钱公道，因此生意很是兴隆。不少人前来学他的酿酒技术。对于来学技术的人，他总是毫无保留，手把手地教。这样一来，会酿酒的人便越来越多。

谁知李耳的好心并未得到好报。学会酿酒的人，为了与李耳争生意，便打着他的招牌在酒里掺假兑水，降低酒价来恶意竞争。李耳是个讲信誉的人，酒里兑水他不干，降低酒价又不够本，他酿出的酒便只好在家里存着。他一连酿了七七四十九缸酒，一两也没卖。

一天，李耳忽然发现酒空了一缸，以为是被人偷走了，便在储藏酒的门上加了把锁。第二天一早，他开门去看，发现酒又空了一缸，这让他好生疑惑。到了夜里，他在门上又加了把锁。可是次日清晨开门去看，酒又空了一缸，门上的锁还是锁得好好的。就这样，四十九缸酒一天天地减少，最后仅剩了两缸，李耳心想："这难道是有鬼？"

这天夜里，李耳躲到酒屋门后，想看看究竟是咋回事。到了半夜，只听得"呼"的一阵风从门缝里吹进来，门虽纹丝未动，但屋里已站了个白胡子老头儿，只见他拿把扇子朝自己身上一扇，就变成了一头大水牛。那大水牛把头探进一个有酒的酒缸里"咕咚咕咚"地喝起来。一会儿便把酒喝干了，然后一摆头又变回了老头儿的模样，最后他拿出那把扇子再一扇，便化成一股清风飘然而去。

李耳看得真切，发誓非逮住他不可。

第二天天一黑，他又躲到门后。夜深人静后，屋里果然又出现了那个白胡子老头儿。当老头儿掏出扇子时，只见李耳说时迟那时快，一个箭步冲上去，抓住扇子对老头儿说："你还我酒来！"

老头不怕不颤地说："李耳慢来！"李耳一听按捺不住，泪如泉涌地说："如今只剩一缸酒了，你再忍心喝了，你还叫我活吗？"

老头微微一笑说："家不穷难舍，眼下已是颠倒黑白、是非不分、好心不得好报的年月，你还苦守旧业，有何出息？我劝你离家弃业，与我同行，有你享不尽的荣华富贵，吃不完的好酒美味，我若不把你的酒喝完，你会舍得走吗？"老头说罢，伸手取回扇子，朝身上一扇，又变作一个大水牛，头探进缸里继续"咕咚咕咚"地喝了起来。

李耳看呆了。当水牛喝完酒，又变作一个白胡子老头儿后，对李耳说："不瞒你说，我是个水牛精，家住南海，我看你是个好心人，才来成全你。你若随我去，即刻就去，如若不去，我可不会再来了。"

李耳心想，酒也干了，本儿也无了，家也没有了，干脆就与其同往吧。

只见那老头儿手持宝扇嘴里念念有词："我与李耳回南海！"

这时李耳只觉双脚离地，骑在了水牛身上飞了起来。一眨眼，他们就来到了一个山清水绿、百鸟争鸣、长满奇花异草的地方，前方还有一片枣林，李耳走上前去，摘了几个青枣吃，只觉美味异常，吃后身轻体健。于是他又摘了些枣，装进随身的口袋里。水牛精带李耳来到南海龙王的龙宫里，作为见面礼，李耳掏出了那些青枣献给了南海龙王。南海龙王尝过后也连称美味。

李耳在南海游览了三日后，白胡子老头儿把李耳叫到跟前说："现在京城内的四公主，患上了头上长角、身上长鳞的病，皇上已告知百姓，谁能医好，便招他为驸马。那些青枣，再加上你的白酒，正好可治此病，你拿些青枣，再带上这一壶酒。速去应征，机不可失，失不再来。"原来白胡子老头儿之前还私藏了一点酒没舍得喝光。

李耳一听，对老人说："京城离此遥远，我何日能到？"老人说："我把宝扇送你，再送你一头青牛。"

李耳接过宝扇一扇，骑上青牛，转眼就不见了。

李耳来到京城，果然看到张贴的告示。上面写着："老年人医好了公主的病，赏金赠银，并给高官做；年轻人医好了四公主的病，便招为驸马。李耳揭了告示，进得宫来，用其所酿的原酒，泡上青枣，很快就医好了四公主的病。

皇上给李耳封大官，他不要；要许给他四公主，他也没答应。后来就在"王城守藏室"里做起了管理图书的"柱下史"。李耳52岁时，周王朝内外交困，因争夺王位发生了内讧，守藏室的典籍全被王子朝等卷到了楚国，各诸侯国势力也愈来愈强大，时刻觊觎着朝廷的权力。李耳见周室日渐衰落，自己又无书可管，于是便离开了王城，回到了他以酿酒为生的枣集，继续从事他的酿酒事业。

南海龙王知道此事后，遂赐予当地一眼九龙井泉。九龙井泉曾是鹿邑八大美景之一，李耳酿酒之水便源自九龙井泉之一。井水从地下涌出，经多层渗透之后，水质变得清澈透明，洁净甘甜。而且井水自泉中涌出后，冬暖夏凉，清澈如镜。遇雨季，涌泉还能如伞状高出水面。井水中还含有多种有益的微量元素，是难得的酿酒用水。用此井泉酿酒，酒体醇厚，口感绵甜，香气浓郁，回味无穷。

后来，皇上又封李耳为京都营酒司，李耳还研制出量酒浓度器，能测量出酒里是否掺了水，如造假，官家则要追究责任。

自那以后，全国的酿酒坊里，卖酒掺水、造假的再也没有出现过。

（李森／整理）

# "东奔西走，要喝宋河好酒"的来历

这句广告词，在二十世纪八十年代可谓是妇孺皆知。但你可知道这句广告词的来历？

它不是广告人员创作的文案，也不是名家的神来之作，亦非面向社会集思广益征来的广告语，告诉你——这话是隋末唐初的混世魔王程咬金最先提出来的。

隋朝末年，隋炀帝杨广昏庸无道，每逢喜庆节日，总要下令大小官员为他送礼，因此，宋河一带常有给皇帝送礼的官船往来穿梭。当时揭竿起义的瓦岗寨十八家兄弟也常在此活动。

一日，得知有一船生辰纲将由宋河经过，程咬金便与弟兄们商议劫下来。瓦岗军在枣集北的贾楼附近设下埋伏，半夜时分，出其不意，一举成功，劫得金银财宝不计其数。义军十分高兴，程咬金下令买来几十坛宋河酒，吆五喝六喝将开来，只喝得天昏地暗，头脚难分。

狂饮之后，程咬金又说："走，别光顾喝，轻易没这般高兴过，恰好魏徵大哥父亲的坟离此地不远，咱们到老人家坟上烧烧纸，上上香，再栽些柏树，一为也让老人家享受享受，二来表示敬意，留个纪念。"这帮人哪知宋河酒的厉害，几碗酒下肚后，早已个个东倒西歪，神志恍惚。

在魏家坟前，瓦岗寨的弟兄们烧纸上香时还能勉强保持清醒，栽柏树时却都找不着北了。他们你碰我，我撞他，结果将柏树全错栽在商代元圣伊阿衡的坟上，且左不成行，右不成趟，无论怎么数也数不清。

程咬金见此情景，不由慨叹道："常年东奔西走，要喝宋河好酒！"至今鹿邑尚有民谚语云："东南西北不成行，宋河美酒回味长。"还有民谚说："倪家坟，魏家林，柏树棵棵数不清，只因好酒醉了人。"

当代书法大家欧阳中石也曾赋诗曰：

> 老聃鹿邑家乡水，
> 孔子师徒不敢强。
> 天赐名泉封祭酒，
> 至今醉柏未成行。

程咬金当年的感叹，在宋河酒开疆拓土的市场大战中竟然派上了用场。一位香港客商在听到这则传闻后，意识到这是一个非常好的广告语，便向宋河酒厂进言，于是，"东奔西走，要喝宋河好酒"成了宋河酒当时最响亮的宣传语。

（李森 / 整理）

# 陈抟得道

    很久以前，在鹿邑县城里有一个名叫陈抟的卖酒老人，他五十多岁，为人忠厚老实，待人和蔼，做事认真公正，靠卖酒勉强维持着生计。一次，他惊奇地发现，家里一坛没卖完的酒，到第二天一早，坛里酒就没有了。此后一连几天都是这样。

    一天晚上，他找来一个五升斗，罩住一盏点着的大油灯，然后自己坐在灯边，看夜里到底发生了什么事。半夜，一阵风吹来，门"吱呀"一声微响，酒坛口随即开了。这时，陈抟急忙把五升斗掀开，屋里顿时灯光明亮，灯光下站着一个满头白发、穿着非凡的老人。看到白发老人，陈抟很温和地诉说了自己的难处。老人听后很感动，就告诉陈抟第二天一早去灶台旁看看。

    第三天，陈抟在灶台旁发现了八百个铜钱。从那天起，偷酒喝的白发老人还是天天来喝酒，但每次都会留下酒钱，给的还真不少。

    为感谢老人，陈抟便经常准备些下酒小菜。就这样，由于白发老人天天给陈抟添酒本，陈抟很快就富了起来。

    一天，陈抟特意来到酿酒坊，请酿酒师傅酿十斤酒头，又准备了四样好菜，专等老人来喝酒。这天半夜，老人果然又来了，陈抟很诚恳地表达了自己的感激之情。

老人听了并不见外，坐下就开始喝酒，很快就把十斤好酒全喝完了。此时，老人有些醉意，便要走。陈抟送他，老人摆手不让送。可陈抟放心不下，就拎了一壶茶在背后偷偷跟着老人。

不多一会儿，老人来到一个小荒坡前，随身一倒，仰面就睡。陈抟就势蹲在老人面前。

这天恰逢中秋节，陈抟举目四望，认出这地方原来是城西的砂礓山。夜里城门锁着，城墙又高，护城河的水又深，两人是怎么到这儿来的？陈抟百思不得其解。

陈抟正思考的时候，老人已经睡熟，他一呼气，嘴里就会冒出一个五颜六色的八角小宝塔来。可老人一吸气，小宝塔就回去了。

陈抟看得入了迷，就好奇地从小宝塔上抠了一点东西，送到嘴里尝尝，觉得味道美极了，而且顿时感觉精神饱满，浑身有使不完的劲儿。

陈抟正品着小宝塔的味道，老人醒了。当得知那是老人两千年的道行时，陈抟心里很是不安，一个劲儿地向老人谢罪。老人被陈抟的诚实所感动，就对他说道："我早就从老百姓那里得知，你为人忠厚、诚恳、善良。我来喝你的酒，就是有意和你接近，来度你入道的。你这次行道，也正合我的心愿，但只是这小宝塔里含酒太浓，恐怕你吃了不一定能受得住呀。"

陈抟知道自己能得道成仙，非常高兴。正如老人所讲，因为当时小宝塔里的酒太浓，陈抟得道后，一觉便睡了八百年。

因此，鹿邑城东南角与老君台相对处，有座陈抟庵，庵里供着的正是一尊陈抟的睡像。

（李森／整理）

# 彭雪枫与"抗日酒"的故事

1939 年的冬天，天特别寒冷。那一年，豫东特委在鹿邑办了一个抗敌训练班，主任是张爱萍。当时鹿邑县县长是我党的特殊党员魏凤楼。有一天，他们二人请来名震苏鲁豫皖的彭雪枫司令员给学员们做报告。

由于天冷，魏县长派人去枣集镇买了两坛大曲酒为彭将军祛寒。彭将军善酒，也不客气，端酒先饮了一杯，喊道："好酒！"说着已将酒盅口朝下，观盅内壁片刻后，又喊了一声："果真是好酒也！"接着，对众人说："凡好酒都挂盅，倒在酒盅里，酒液高出盅面一线不溢。除此之外，酒香也异常，入路能香十里。酒花也奇多，酒花多少乃是白酒质量高低的体现——不信，咱试试看——"说着，他就亲自倒了一杯，果然酒花乱冒，禁不住大笑道："怎么样，我没看错吧！"众人惊叹，皆夸将军内行。

彭将军笑笑说："我算什么内行，只是从小耳闻目染罢了！我老家南阳镇平县也造酒，小时候，我爱去酒馆里看相公们踩曲，行家说'曲为酒骨，又称酒魂'。所以酒家造曲都很讲究，先将选好的上等大麦、小麦、豌豆用红石磨磨细，再挑选 16 个身强力壮的光头，敬杜康，齐奏乐。

锣鼓声中，身裹白布的小伙子开始踩曲，手舞足蹈，很是好看！"

一警卫员问："为何要身裹白布？"彭雪枫笑道："原来我也不明白，后来方知是为防汗水滴进曲里，因为踩曲多在酷暑天，把料兑足踩匀后放进温室发酵 180 天，若汗水滴进曲料里，不卫生不说，还会使曲出现霉斑。"

魏县长听到这里，插言道："枣集的酒家们也是这种做法！"

"是吗？"彭雪枫说，"看来天下酒家都是杜康之徒呀！"说完，他又问魏凤楼："老魏，此酒为何酒？"魏凤楼说："此地的酒都没什么名称，谁家开作坊多是以他们的姓氏命名，这两坛是李家酒，枣集眼下就数他家的作坊大，有上百个发酵池！李老板很开明，对抗日很支持！"

彭雪枫说："如此好酒，应该起个响亮的名字才对！虽说好酒不怕巷子深，但也不可忽视名牌效应！像人家茅台酒，国人尽知，此地乃老子故里，称为'老子酒'多气派！"说着，他突然想起了什么，问张爱萍说："老张，前几天我所说李耳老祖也开始抗日了？"

张爱萍先是怔了一下，很快就明白了彭雪枫的话意，笑道："是呀是呀，前阵子日寇朝老君台打炮，一连打了十几颗，结果一颗也没响，吓得他们直跪地求饶！"

彭雪枫笑道："怎么样？那就更应该叫'老子酒'！小小日寇，也敢来惹老子！"众人被彭司令员的一语双关逗得大笑不止，纷纷端杯敬向彭雪枫。

三杯过后，彭雪枫突然扣了酒杯，对众人说："眼下日寇对我们封锁极严，战地医院里酒精奇缺，他们多用白酒代替酒精。咱们省一盅，说不定能救活一个战士！如此好酒，等打跑了日本鬼子再痛饮吧！"

魏县长说："老彭，若要医用，最好用基酒！这样吧，等做完报告，我陪你去枣集一趟，由我们县政府出钱，为你们买几坛带回去如何？"

彭雪枫一听，高兴地说："那敢情好，有劳了！"他说着用手拍了一下酒坛，又把眉头蹙了起来："就怕这陶坛不好带，更不便随部队转移。"

魏县长笑了笑说："还请司令放心，枣集的酒远销湖广，他们有特制的酒篓。那酒篓是用宋河岸边的红柳条编成的，里面先用纸糊，糊一层，用猪血涂抹一次，如此糊过二三十层后，再用石灰进行处理。用这种篓装酒，坚固轻便，又不跑味儿。一匹马能驮两大篓，很适合部队行军转移！"

彭雪枫一听，高兴至极，给学员做过报告后，当即就与魏县长等人去了枣集。

李家酒馆在镇子北边，作坊颇有气势。李老板年届五十，稍胖，圆脸，眉宇间除去正气之外，还有着商人的精明。他久闻彭雪枫英名，现在一代儒将突然来到了自己府上，他受宠若惊，敬好烟，泡好茶，忙得不亦乐乎。彭将军见他实在，说道："李老板，都是自己人，不必客气，还是先参观一下造酒作坊吧！"

李老板见彭将军平易近人，去了几分怯意，说道："好好好，今日能有贵人大驾光临，我家作坊蓬荜生辉呀！"

彭雪枫笑道："非也，在老子门前，何人敢称贵？"言毕，上前亲切地拉住李老板的手，一同向作坊走去。

路上，李老板给彭将军详细介绍了李家酒的生产过程："我们李家从康熙年间就开始造酒，我是第六代。老祖宗立下规矩，要求我们从原料粉碎到配料入池发酵、蒸馏、贮存，每一道工艺必须讲究。原料要粮必精、水必甘；粉碎要呈四六八瓣；配料要无团糟，无白眼。作坊里的上百个发酵池皆是三百年的老池子，池底由上而下的泥色早已由青变灰，泥底呈蜂窝状，香味扑鼻。酒浸地下两丈之多，挖不到两丈之余甭想见到黄土！"

彭雪枫听得津津有味，问道："听人说，水为酒之血，酿酒水是第一好！贵坊用的是河水还是井水？"

李老板说："彭司令，这个不跟您吹，我们李家酒从不用井水，所用的均为古宋河南岸的上风河水，阳光足，水质好！"彭雪枫一听这话，止了脚步，问道："听说金沙江、赤水河和淮河是我国盛产名酒的三大水系，没有古宋河呀！"

魏县长插言道："老彭，你这儒将也有不晓的事呀！别忘了，古宋河也是淮河的源头哩！"

彭雪枫恍然大悟，笑道："是我孤陋寡闻了！这下算让我长了见识！怪不得此地这么多造酒作坊，原来有一条'福河'呀！"

到了作坊里，彭雪枫先向工人们问好。工人们一听是抗日名将来了，都围了上来。彭雪枫一一与工人们握手，然后拿起木锨往蒸锅里扬了几锨糟，又对工人们说："等打跑了日本鬼子，我来向你们学习造酒，愿意不愿意？"工人们激动地喊："愿意！愿意！"

那天晚上，彭雪枫不但参观了造酒作坊，还看了李家的酒库。临走时，李老板送了他两篓基酒。魏县长执意给钱，李老板坚决不收，并说只要彭将军的队伍在此打鬼子，他们战地医院的消毒用酒全由李家酒坊奉送！彭雪枫一听，高兴地说："看来，李家酒要改名'抗日酒'了！"

1944 年 9 月，彭雪枫同志在夏邑八里庄与日军作战时壮烈牺牲，那年他才 37 岁。但他与"抗日酒"的故事，却一直在鹿邑民间流传。

（李森　于新豪 / 整理）

第六辑　鹿邑民间名吃的传说

# "鹿邑妈糊"的传说

有一年，苦县人民遭了灾，先涝后旱，庄稼减产甚至绝收。幸好有两样庄稼——大豆和谷子顶住了恶劣的自然灾害，神奇地活了下来。入了秋，人们总算收了一部分大豆和谷子，但其他庄稼就不行了，有的绝收，有的只收了一点点。人们感到害怕，这怎么能够活下去？于是，不少人家就把仅有的一点谷子和大豆留给老人和小孩吃，青壮劳力则外出逃荒或打工，打不了工就要饭，总之不能都留在家里，否则都得饿死。

一天，苦县城里来了一个白胡子老头儿，他腰里带个药葫芦，也可能是酒葫芦，手里拿根赶牛的鞭子。走到十字路口时，老头儿胳膊一挥炸了鞭，嘴里还说道："喝稀别吃干，多活几十天。"

有人留意到了，还想，这个白胡子老头说得有道理，已经有灾了，不能再按正常年景过日子，于是就把小米加上黄豆一泡，泡成后在磨上一推成了稀糊，再放在锅里一煮，一个人吃上两碗，再吃些野菜、榆树皮之类的东西，不就能把这一年过去了吗？这样大家也都不用外出了，因为外出说不定会饿死在外面。

一传十，十传百，都猜是老子点化大家：不要外出，都喝稀饭，配些野菜、树叶和榆树皮之类的，凑合着种上小麦，不至于饿死。

老子的这一方法还真有效，家家户户都不再外出。种好了新一季的庄稼，人们把泡好的黄豆和小米放在一块儿，再放在磨上推，磨出来的豆米汁水放在锅里煮，看着很稠，喝到嘴里不挡嘴，好喝极了。由于这豆米汁水香甜爽口，不亚于乳汁，故名妈糊（俗指奶水）。

后来人们通过再加工，再创造，把煮面的黄豆撒在妈糊上，喝起来更好喝，更耐人品味。

一直到现在，妈糊还是鹿邑的特色食品，不但本县人爱喝，外地来的客人也爱喝，在鹿邑，妈糊是人们早晚餐的普遍选择。

（李森/整理）

# "试量狗肉天下第一"的传说

在豫东这片热土上，有一个家喻户晓的民间故事，那就是"试量狗肉天下第一"的传说。它已经被老子故里的百姓传遍了四方。说起来，这也与"王莽撵刘秀"的故事有关。

话说当年刘秀在朱家楼险些被王莽的追兵抓获，多亏了蜘蛛王的搭救才逃过一劫。两个时辰之后，刘秀听着外面人欢马叫的声音渐行渐远，天色也完全黑了，他才战战兢兢地从土屋中走出来。已经一天没有吃东西了，此时的他，饥肠辘辘，加上北风一吹，可谓饥寒交迫。好在当晚星光灿烂，他照着北斗七星的方位向北走去。行至一里有余，忽见前方一所茅屋内有微弱的灯光，这让刘秀喜出望外，他暗暗思量：有灯必有人，有人也许就有吃的，可见天不灭我。于是刘秀大步朝茅屋走去，及至门前，从门缝里向里一瞧，只见昏暗的灯光下坐着一对老夫妇，慈眉善目，但是衣衫褴褛。就在这时，那个白发苍苍的婆婆流泪叹息道：

"屋漏偏逢连夜雨，本来就秋收不好，又逢上兵荒马乱，那贼人们抢了粮食，牵了牛，连一条老狗都被他们活

活打死了，这日子可怎么过呀！"

"老太婆，别叨叨了，哪次改朝换代不是这样，你还不如赶快看看咱那条老狗煮得怎么样了，这可是我按咱家的祖传秘方煮的，让咱们也痛痛快快地吃一回，明天就是死了也不冤枉。"她一旁的老头儿这样劝说道。

果然，一缕独特的香味从灶上的锅里飘出，刘秀再也等不及了，赶紧敲开房门，说明来意。老头儿看刘秀天庭饱满，地阁方圆，虎背熊腰，有些帝王之相，所以不敢怠慢，让老婆子赶紧捞出狗肉，款待刘秀。

也许是饥饿的原因，也许老头儿煮的狗肉确有独到之处，刘秀一通狼吞虎咽之后，吃得可谓是齿颊生香，连连称赞。

数年之后，刘秀在河北登基，可以说是尝尽了天下的山珍海味，但总觉得与那一夜所吃的试量狗肉相差甚远，于是乃赐匾：天下第一美食。

从此以后，"试量狗肉"开始声名远扬，享誉神州，为历代食客所赞美。

（李学领／整理）

# 辛集"鸡爪麻花"

鹿邑这个地方人杰地灵，佳地必有珍品，比如地方传统名吃辛集麻花就名声在外。辛集麻花的制作起源于清乾隆年间，创始人叫张志彬，至今已有五百余年的历史。民间传言，乾隆也曾因吃到辛集麻花而龙颜大悦，自此，辛集麻花就成了鹿邑当地的招牌美味。

辛集麻花入口酥脆而不腻，清新爽口，老少咸宜，主要产于鹿邑县的辛集镇、唐集镇和柘城县的安平镇（原属鹿邑），以辛集最好，故得名。其形如鸡爪，故又名"鸡爪麻花"。

作为贡品，它进入了明清宫廷，并享誉海内外，故而，辛集麻花就成了来此观光旅游的游客必买的特产之一，同时也是河南著名特产之一。

（李森/整理）

# 王司马与王家香油

要说芝麻香油，先得说说这芝麻的由来。

西汉建元三年（前138年），汉武帝招募使者出使大月氏，欲联合其共击匈奴。张骞应募担任使者，从长安（今西安）出发，经匈奴境时被俘，在那里被困十年后才得以逃脱。他继续西行至大宛，经康居抵达了大月氏（今新疆伊犁）。

张骞的到来，打开了大月氏国认识世界的新窗口。大月氏国王听说汉使前来大吃一惊，汉匈战争正如火如荼地进行，汉与西域的交通线完全中断，怎么冒出个汉使来了呢？

张骞把来龙去脉说了一遍，因任务已完成，于是准备告别国王启程回国。国王听后非常钦佩，说道："月氏国距离汉有数千里，道路极为艰险，葱岭难以逾越，又有匈奴骑兵出没，须绕道而行。"

国王于是派出向导引路，另辟新路。张骞一行人沿着天山南麓向东返回。这是一个巨大的盆地，即现在的塔里木盆地，盆地内沙漠广布。沙漠的南北两侧的绿洲地带，分布有大大小小数十个国家，是东西交通的两大要道。张骞一行于是经乌垒、龟兹、姑墨、温宿、尉头、疏勒等国，踏上了归程。

一日，张骞一行人依旧头顶着骄阳前行，不觉饥肠辘辘，汗流浃背，人困马乏，望见前面不远处有一片绿洲，张骞一行随即在此下马扎营。

经向导与当地人交流，方得知此地为西域诸国之温宿，温宿国王得知有汉使来访，非常高兴，于是热情款待众人。

张骞一行在温宿停留月余，发现此地盛产沙棘果、芝麻油等农产品。当地人制作的沙棘果浆甘甜可口，健脾养胃，生津止渴，饮后让人精力充沛；而当地用芝麻压榨的芝麻油则香醇可口，是当地人一日三餐必不可少的佐料之一。此外，芝麻油还对伤口具有杀菌、消毒等作用。皮肤划伤或轻微烧伤，都可以涂上一点芝麻油，有收敛溃疡和促进伤口愈合的作用。

张骞闻之大喜，于是驻留温宿，向当地人学习了芝麻的种植与芝麻油的制法，离开时他还向当地人要到了芝麻种子，并携带回国。

公元前 126 年，张骞回到长安复命，汉武帝大喜，并授予张骞太中大夫之职。张骞将从西域带回的芝麻种子在中原逐渐推行开来。当时，芝麻种植较少，芝麻油也仅供汉朝皇室食用。直到 100 多年后的东汉，芝麻才开始在中原大面积种植，因芝麻出油脂，故又称之为"脂麻"，芝麻油又称"脂麻油"。

东汉末年，东都洛阳有个中军校尉名叫袁绍，他是豫州刺史部陈国人氏。他将"脂麻油"用于为军中士兵疗伤，效果显著。他后来将脂麻油酿造之法传于老家陈国（今周口一带）的人。陈国迅速成为全国脂麻油的一大产地，此后历朝历代，陈地所产的脂麻油皆为向皇家进贡的珍品。

芝麻油成为陈地的传统特产，品质奇高而地处老子故里的鹿邑尤为盛之。鹿邑处于淮河、涡河之间，得天独厚的地理条件造就了鹿邑的芝麻个大籽饱、皮薄肉厚、口味香醇等独特的优异品质，素有"中原百谷首，鹿邑芝麻王"的美称。

历经千余年传承，在豫东众多油坊中脱颖而出的有袁家、李家、王家，而王家芝麻油就是鹿邑一支的代表。

传说鹿邑王家油坊始于唐大历年间。有许州颖川（今河南许昌）人王建任太府寺丞，后累迁陕州司马，人称"王司马"。王建出身寒微，艰苦朴素，做了官依然本色不改。他喜欢从事农耕，还常常亲自举灶生火做饭，感受人间烟火，他一生的诗作题材广泛，多同情百姓疾苦，生活气息浓厚。王建闲来无事时还喜欢亲自动手压榨芝麻油，制成后赠与亲朋好友品尝，好友便赠了他一个绰号叫"香油王"。

王建一生清廉，去世时未曾为子孙留下什么家产，但压榨香油的独特之法却流传了下来。传至鹿邑一支王永德这一代时，王家油坊已经传了24代人。王家油坊遍布中原各地，他们将传统制作方式与现代工艺相结合，打造出了王家香油独特的品牌风格。

据王家油坊传承人王永德介绍，传统的制法是将准备好的芝麻洗净后沥干水分，然后放入铁锅中用中火不停翻炒，水分蒸发后，调小火继续翻炒，待炒至用手指能捏碎芝麻，且芝麻呈棕红色时关火。然后把熟芝麻放在通风处凉至不烫手，再分次加入石磨中，研磨成细腻的、可以流动的芝麻糊。接着将芝麻糊倒入大铁锅中，按照比例加入适量白开水，然后用擀面杖搅匀，大概七八分钟左右，油开始析出。这时要把铁锅轻轻来回晃动，用圆底的勺子稍加拍打表面，芝麻油就会很快浮上来，最后再把这些油舀到容器中。这样做出来的小磨香油味道醇厚鲜香，香气浓郁。

从大唐的"香油王"到后来的王家油坊，再到如今的现代化食品企业，王家香油虽历经千年传承，但精益求精的工匠精神始终没有变。

（于新豪／整理）